name モネ
＜第四階層探索免許＞所持。
name アレテー
＜第一階層探索免許＞未所持。
name ディル
＜第八階層探索免許＞所持。
大罪ダンジョン教習所の反面教師
A teacher by negative example in the Adventure school.
外れギフトの【案内人】が実は最強の
探索者であることを、生徒たちはまだ知らない

おかえりなさいませ、ディル教官《せんせい》！
二〇三号室　ディルの自室
この出逢いが『反面教師のディル』を
変えることになるとは、彼自身思いもしなかった。

探索才覚《ギフト》、発動。
経路表示《ルート》。
幻像が現れる。
最高の自分を、最善の選択を、
最後まで維持できた場合のみ、
目的の達成が叶う未確定の道筋。
——俺を案内しろ、勝利まで。

これがダンジョンだんじゃ早速、
今日の授業について説明する
第一階層・暴食領域
表現世界《テクスチャ》は森林や草原で
凶暴な動植物が出現し
探索者を発見すると襲いかかってく
アレテー氏、まだここは
入り口だと思われる
こ、これが
だんじょん！
name タミル
＜第一階層探索免許＞未所持。
name フィール
＜第一階層探索免許＞未所持。
いよいよってわけ。
待ちくたびれたわよ！

大罪ダンジョン教習所の反面教師

外れギフトの【案内人】が実は最強の探索者であることを、生徒たちはまだ知らない

御鷹穂積

ファンタジア文庫

3106

口絵・本文イラスト　へいろー

大罪ダンジョン教習所の反面教師

CONTENTS

A teacher by negative example in the Adventure school.

プロローグ

ダンジョンに潜るのに必要なもの、それは免許

A teacher by negative example
in the training school
for dungeon of mortal sin.

この世界には一つだけ、ダンジョンと呼ばれる不思議な空間が存在する。

そこでは、人間の欲望が叶《かな》う。

そんなダンジョンに潜り、様々なものを持ち帰るのが探索者だ。

そしてダンジョン探索には――『探索免許』の取得が義務付けられていた。

「ダンジョンは階層ごとに攻略方法がガラッと変わる。それぞれの特徴をおさえとくのは絶対だ。つーわけで、そこのお前。浅い順に説明してみろ」

ボサボサな黒髪の青年が、欠伸《あくび》を漏らしながら女子生徒を指名する。

場所は講義室で、青年は教官。

黒板の前に立つ青年を、扇状に広がった机と椅子が囲んでいる。生徒たちの座るそこは、黒板から遠ざかるほどに位置が高くなっている。

真剣に授業を受けているかは別として、講義室自体は満員の人気を見せていた。

この講師が優れているから……ではなく、生徒たちにとって受講が必須だからだ。

「は、はいっ！　アレテーです！」

白銀の長髪に赤い目をした、子うさぎみたいな印象の少女が、勢いよく立ち上がって返事をした。

講師――ディルは、呆《あき》れた目で少女を見た。

「名乗らなくていい」

「あ、す、すみません」

少女が顔を赤くした。

「あと立たなくていい」

「はっ、お、思わず」

少女が恥じるように縮こまった。

「もっと言うなら、来なくてもいい」

講師のあんまりな発言に、他の生徒たちが顔を顰《しか》める。

だが言った本人は気だるげに少女を見るばかり。

少女の方も傷ついた様子はなく、快活に応じた。

「いいえ、頑張ります！」

ディルは小さく舌打ちした。

これで心が折れてくれたら楽なのに、と。

少女は覚えたての知識を、記憶を探りながら披露するように、口を開く。

「えぇと……第一階層・暴食領域。表現世界《テクスチャ》は森林や草原で、凶暴な動植物が出現し、探索者を発見すると襲いかかってきます」

「そうか。主な獲物は？」

ダンジョンは危険に満ちている。

わざわざ潜るのは、リスクに見合うリターンがあるから。

「襲いかかってくるモンスターの、お肉です。植物の場合はとても甘い蜜や、果物が採れます。これらは、えーと、そう、ほっぺたが落ちるくらい全部おいしいとのことです！」

説明一つとっても、随分と性格が出るものだ。

少女の説明は幼さを感じるものだった。

「そうだ。簡単に言うと、凶暴なモンスターを倒すと、そいつらから美味《うま》いもんが獲《と》れる。お前らの大半が狙ってるのもこの層だろう。正直、第一階層でモンスター狩ってるだけで、老後も困らねぇだけの金を数年で稼げる」

ディルの補足に、生徒たちの多くから「おぉっ」と期待の声が漏れた。

ダンジョンで探索の末に手に入れたものは、ほとんどが高額で売却可能。

暴食の層で獲れる食物は特に狙い目だ。

食べ物は、食べたらなくなる。しばらく経《た》つと、腹が減る。

つまり、需要が絶えるということがない。

ダンジョン由来の肉は、庶民感覚で言うとたまの贅沢《ぜいたく》という立ち位置。

ただ、金のある者は毎日のように食うため、常に高額で取り引きされる。

暴食領域で手に入る食べ物の恐ろしいところは、飽きが来ないところだ。

一度口にしたら、死ぬまで三食それでもいい、という感覚が抜けない。

それだけに、いつ獲っても売れる。

——まぁ、うまい話だと飛びついた新人探索者の半分以上は、最初の数ヶ月で逆にモンスターに食われるわけだが。

ダンジョン探索はハイリスクハイリターンなのだ。

「次、そこのミノ」

ミノタウロスは、牛を人型にしたような亜人だ。

屈強な肉体が腰掛けるには、講義室の椅子は強度が足りないかもしれない。

これが他の講師なら別の椅子を持ってくるなり、当人に座り心地を尋ねるなりするのだろうが、ディルにそんな気遣いはなかった。

「今どき人を種族で呼ぶとは、差別的な講師に当たってしまったようですね」

ミノタウロスの生徒は、掛けているメガネを中指でくいっと押し上げながら、苦言を呈する。

かつては争っていた多くの種族が、今は平和に暮らしている。

共生していく中で、様々な文化が混じり合い、互いに尊重し合う意識が育まれていった。

ミノタウロスの生徒が言ったように、この時代、面と向かって種族で呼ぶのは好ましくない。

ディルも他種族に「おい人間」と呼ばれれば若干苛《いら》つくので、気持ちは分かった。

「そうか、そうだよな。時代に合わせて価値観も更新していかねぇとな。悪かったよ。じゃあ改めて、第二階層の説明を頼めるか、メガネ」

「……………」

ミノタウロスの生徒は表情を歪《ゆが》めたが、今度は何も言わなかった。

この講師がどんな人間か悟り、諦めたようだ。

溜息《ためいき》一つで不満を示しながら、言われた通りに説明を開始する。

「第二階層・怠惰領域。表現世界《テクスチャ》は石の洞窟。領域内には無数のトラップが仕掛けられており、これを正しい手順で突破することで、通称『宝箱』に辿《たど》り着くことが出来る」

アレテーという少女と違い、彼の説明は教科書的で、無駄がない。

ディルは小さく頷《うなず》いた。

「マジで冒険譚《たん》とかで描かれるような宝箱が出てくるから、驚くなよ。あと見つけても喜ぶな。宝箱まで含めてトラップってパターンもある」

一応補足はちゃんとしてくれる講師に、ミノタウロスの生徒は頷きを返し、話を続けた。

「獲得できるのは、様々な行動を『省略』可能なもの、と教本には記されています」

「ダンジョンで手に入るもんは、人の欲望を満たす。第一階層なら食欲、第二階層なら楽がしたいって欲望だな」

「楽がしたい、という欲望？」

「怠惰領域では『常に清潔に保たれる服』『睡眠効率を上げる目隠し』とかが手に入る。超レアなのだと、『瞬間移動できる石』とかもあったな」

洗濯の手間、一日の中で睡眠が占める時間、移動時間などを、省略することが出来る。

そこまで言われて、ミノタウロスの生徒は得心がいったようだ。

「なるほど……ものによっては、凄《すさ》まじい金額になりそうですね」

たとえば八時間の睡眠時間が効率化されて四時間で充分になったなら。

一日四時間、活動時間が増えるわけだ。

一年で千四百六十時間。

人生の拡張とも言うべき奇跡だ。

どれだけ金を出してでも欲しいと思う者はいるだろう。

取得物を自分で使っている探索者も多い。

なんでもいくらで売れるかで考えてしまうのは、探索者志望にありがちなことだった。

「んじゃ次は——」

どんどん生徒を指名し、説明させ、足りない部分だけを補足していくディル。

生徒たちは自分たちの知識を試されているのだと思っていたが、ディルは単に自分で全部説明するのが面倒くさいのだった。

階層は暴食、怠惰、色欲、憤怒《ふんぬ》、嫉妬、強欲と続き、傲慢で終わりを見せた。

階層ごとにガラリと様相を変えるために、階層ごとに対応する探索免許が必要となる。

「あ、あのー……先生」

最初に指名した白銀の髪の少女が、控えめに手を上げた。

「なんだ子うさぎ」

「こ、子うさぎ？　わたし、アレテーです。友達は、レティって呼びます」

——しまった。思わず脳内のあだ名で呼んでしまった。

しかしディルは、それで悪びれたりはしない。

「いいから、質問があるなら言え」

「あ、はい。あの、ダンジョンは、全八階層ですよね？」

人が抱える七つの罪に対応したダンジョン。

そこに幻の八階層目がある、という噂《うわさ》があった。

そもそも第七階層まで行って帰還できる探索者が稀《まれ》。

そんな一部の実力者たちでさえ、行ったことのない場所。

だが、彼ら彼女らはみな口を揃《そろ》えてこう言うのだ。

──『深淵《しんえん》はある。辿り着けないだけだ』と。

第八階層・仮称深淵領域。

いわく、そこで獲得できるのは──失われた命。

死者を取り戻すことが出来る階層。

死者蘇生《そせい》を望む心も、理《ことわり》の側から見れば罪ということなのかもしれない。

少女の言葉に、教室内が笑いで満たされる。

「ははっ、そんな噂信じてるのかよ」「あんなの作り話だろ」「そうそう、偉大な先輩がたが広めた、存在しない八階層目ってやつね」「あってもなくてもいいわ。浅層《せんそう》で充分稼げるってんだから」「つーかそんなこと訊《き》いてどうすんだよ。生き返らせたいやつでもいるとか?」

周囲の声に、少女は悲しそうに目を伏せたが、すぐにディルへと視線を戻した。

質問の答えを、待っているみたいに。

「ていうかさ、それセンセーに失礼じゃない？」

ディルが口を開く前に、他の生徒が声を上げた。

猫耳と尻尾が生えた、亜人の少女だった。

「え、なになに？」「ほら、センセーの探索者時代の通り名ってさ」「『案内人ディル』じゃないの？」「そうだけど、もういっこ笑えるのがあって」

ディルは溜息を溢《こぼ》す。

声を潜めているつもりらしいが、丸聞こえだった。

「『深淵踏破のディル』ってのがあるらしくて」

再び、笑いが巻き起こる。

「うわぁ、木の棒に聖剣って名前つけるくらいヤバいじゃん」「名前負けの極致っていうか」「そうだよね、だって先生の探索才覚《ギフト》ってほら、サポート特化だし」

――サポート特化とは、随分とお優しい表現だ。

ディルは鼻で笑う。

「え、じゃあアレテーって子は何？　ディル教官に遠回しに『ほんとに深淵潜ったんスか？』って訊いたってこと？」

その言葉に、アレテーが怒ったような顔をして立ち上がった。

「違います！　それに、失礼なのは貴方《あなた》たちです！　先生に謝ってください！」

「謝るも何も、事実だし。なぁ？」「教官ってば若いんだから、もし当たり能力ならこんな仕事してないで現役探索者やってる筈《はず》だし」「でかい怪我《けが》とかもなさそうだしなぁ。自分の限界に気づいて引退したって感じ？」「うわそれダサ……いや、大人だなぁ」「賢いよね。身の程弁《わきま》えてて」

アレテーはまるで我が事のように怒っている。

体をぷるぷる震わせ、目を潤ませながらも、周囲に立ち向かう。

「わたしたちは先生に教えを請《こ》う立場です！　敬いを持つべきではないですか！」

自分に「来なくていい」と言い放つ教官を、どうしてそんな必死に庇《かば》うのか。

ディルからすれば、少女の態度の方が不思議だった。

「アレテー氏の言う通りだ。人格面はどうあれ、授業の進め方に問題はない。元探索者ならではの知識も非常に興味深い。君たちは教官を嘲って、そこから何を学ぶつもりなのだ？」

ミノタウロスの生徒は、どうやら公平な性格のようだ。

教官だろうと生徒だろうと、問題があれば指摘する。

「おい、子うさぎ」

「アレテーです！」

呼びかけると、大声で返事される。

「授業中に立つな。座れ」

「……！　でも！」

じぃ、と見つめる。

すると、アレテーはだんだんと困ったような表情になり、やがて力無く席についた。

次に、私語で盛り上がっていた生徒たちだ。

「お前らも、陰口は本人のいないところで言ってくれ。こんな聞こえよがしに言われたら、傷ついた俺はお前らの成績を誤ってつけてしまうかもしれない」

先程までアレテーとディルを笑っていた生徒たちが、途端に黙る。

探索者になるためには、免許が必要。

多くは、アドベンチャースクールと呼ばれる教習所に通い、筆記・実技両方の試験を突破することで取得という流れになる。

この時、試験を受けるに値するかを最終的に判断するのが、ディルを含む教官陣だ。

バカ高い受講料を払って通っているのに、教官の悪口一つで試験を受けられなくなるのは困る。

もちろん、ディルは面倒くさいのでそんなことはしないが、脅しとして機能するならそれでいい。

今まさに、静かになったことだし。

「よし。じゃあ次は——……」

と、そこで授業終了を知らせる鐘が鳴った。

「お前らがペチャクチャ喋《しゃべ》ってた所為《せい》で、予定してたところまで進まなかったじゃねぇか。まぁいいや、じゃあこれ宿題な。ダンジョン探索法の基本、これ覚えとくように。んじゃおつかれ」

「ディル教官、質問が」

ミノタウロスの生徒に声を掛けられると、ディルは心底嫌そうな顔をした。

「俺は、良《い》い教官じゃない」

「は、はぁ」

「休憩時間を生徒のために使うような、良い教官じゃない」

「……自分でなんとかします」

「えらいぞ」

そう言い残して、ディルは教室をあとにする。

先程の生徒たちが、またひそひそとディルの話をしているのが聞こえてきた。

「あ、あのっ。タミルさん、ですよね。もしわたしでよければ、お力になりますがっ」

アレテーがミノタウロスの生徒に声を掛けていた。

――タミルっていうのか、あのミノ。

生徒の情報をまるで確認していないディルだった。

「ふむ。ありがとうアレテー氏。では、探索才覚《ギフト》の種別とその運用についてだが――」

噂話《うわさばなし》に花を咲かせる大多数と、真面目に勉強する二人。

そんな生徒たちを振り返ることなく、ディルは欠伸《あくび》混じりに職員室へと向かうのだった。

その道中、彼は先日の件を思い起こす。

アレテーとかいう少女を、自分が受け持つことになった日のことを。

第一章

反面教師が子うさぎを引き取るまで

A teacher by negative example
in the training school
for dungeon of mortal sin.

ダンジョン内に足を踏み入れると、ただ一人の例外もなく、特殊能力に目覚める。

ダンジョンの中でのみ使用可能なそれを、人々は探索才覚《ギフト》と呼んだ。

探索才覚《ギフト》と、各階層に相性があると判明してからは、八種類の能力はそれぞれの罪の名を冠することになった。

暴食領域で効果が上がる風属性ならば暴食型、憤怒《ふんぬ》領域で効果が上がる雷属性ならば憤怒型、といったふうに。

どの層でも効果が変わらない能力は便宜上、深淵型に分類される。

ディルの探索才覚《ギフト》は深淵型だった。

世間は、ディルの能力をこう認識している。

『安全なルートが分かる能力』と。

能力単体で見れば優秀と思えるが、ダンジョンにはモンスターが跋扈《ばっこ》しているのだ。

完璧に安全なルートなどない。

比較的安全なルートが分かっても、モンスターと遭遇することはあるだろう。

その時、戦闘に使えない能力でどう戦う？

また、その問題を回避できたとしてだ。

能力的にモンスター討伐は向いていないため、主な獲物は採取物になるだろう。

その分、選択肢が狭まる。

というわけで、ディルの評価は高くない。

それでも、彼は有名な探索者だ。

何故《なぜ》か。

『最も深淵《しんえん》に近い』と言われる探索者パーティーのメンバーだったからだ。

ディルの能力を上手《うま》く使い、そのパーティーは第七階層までを攻略した。

故に『案内人ディル』。

ダンジョン深層の宝物《ほうもつ》のほとんどは、そのパーティーが最初に持ち帰ったと言われるほどだ。

その功績たるや凄《すさ》まじく、パーティーメンバーには国から例外的に『第八階層探索免許』が与えられた。

仮に第八階層が発見された場合、通常ならば探索は許されず、国への報告が義務づけられる。

だがそのパーティーだけは、すぐさま探索に移ることが許されるわけだ。

パーティーリーダーの名はリギル。

ディルの幼馴染《おさななじみ》であり、現職場リギル・アドベンチャースクールの所長であり、お金を貸してくれる友達でもある。

ディルはその日の朝も、給料の前借りを頼むべく職場に向かっていた。

既に数年先の分まで前借りしているのだが、そんなことは一切気にしていなかった。

金が必要。手元にない。ならば借りるしかない。簡単な話だ。

そんなわけで、普段は遅刻常習犯のくせに、こんな日ばかりは一時間前出勤をするディルだったが――。

職員のために既に開放されている正面入り口で、不審者を発見した。

ボロボロの外套《がいとう》に、すっぽりと覆われた短軀《たんく》。

手に持っているのは麻袋か。

ちらりと見えた足は、一応靴らしきものに覆われていたが、こちらもまたボロボロで見るに堪えない。

破けて指や踵《かかと》が露出しているだけでなく、残った部分も血と泥で汚れている。

ディルの生活するダンジョン都市・プルガトリウムは、探索者が持ち帰る宝で大いに栄えている。

だが、光が強くなれば影は濃くなるというもの。

実際は貧富の差が極端な街であった。

路上生活者は珍しくない。

「なぁ、あんた」

ディルは、外套の人物に声を掛けた。

「あと一時間は開かないぞ」

声を掛けられて、外套の人物がびくりと震え、こちらに振り返る。

その拍子にフード部分が後ろに落ち、少女の顔が明らかになった。

そう、女だった。

体が小さいというだけならドワーフやゴブリンなど、珍しくない。

だが、小柄な人間族の少女だったようだ。

顔も髪も煤《すす》汚れしている上に、痩せこけている。

汚れた白銀の髪と、怯《おび》えるように震える赤い瞳。

「え、あ、そ、そう、なんですか……」

「それも知らないとか、この街の人間じゃないだろ」

この街に住んでいれば、一度は探索者が人生の選択肢に上がってくる。

教習所に関する最低限の情報なら、子供でも知っていた。

そして、大抵は受講料の額を聞いて幼い内に諦めるわけだ。

「え、えと……その……」

少女がぼそぼそと口にした地名は、パッと聞いて分からないくらいの田舎だった。

しばらく掛かって、プルガトリウムから相当の距離がある地域だと思い出す。

何も徒歩のみで来たわけではないだろうが、靴が壊れて足が傷だらけになるのも頷《うなず》けるというもの。

「そんなとこまで、うちの名前は届いてるんだな。リギルのやつ、商才もあるとは腹立たしい」

その商才のある幼馴染に金を借りようとしていることは脇に置いて、彼の才覚を妬むディルだった。

「あの、はい、いえ、その……こ、ここなら、第八階層の、探索免許がとれるって聞いて……それで」

途端、ディルの顔が険しいものになる。

「やめとけ」

「か、――――ッ⁉」

ディルの圧を受けて、少女が腰を抜かして尻もちをついてしまう。

怯える少女を見て、ディルは自分の未熟さを呪う。

――こんなガキ相手に、何やってんだ俺は……。

「あー、いや、撤回するよ。金があるなら来る者拒まずだ。試験に落ちても金は返せないが、それでもよければどうぞうちへ」

手を差し出して少女が立つのを手伝うと、ディルはそのまま入り口へ向かう。

「あ、あの！」

だが、少女に呼び止められて渋々立ち止まった。

「なんだ？」

「や、やめとけってどういう……」

リギル・アドベンチャースクールが人気なのは、所長であるリギルが最強パーティーのリーダーだから――だけではない。

アドベンチャースクールの教官資格をとるには、探索者免許が必須。

つまり探索者経験のある者しか教官にはなれない。

また、最終試験の監督を務めるのは、該当する層の探索者免許を持っている者に限られる。

たとえば、第一階層の免許しか持っていない教官は、第二階層の最終試験を監督することが出来ない。

生徒の立場から考えると分かりやすいか。

第一階層の免許しか持っていない教官では、自分に第一階層までの免許しか与えられないわけだ。

今の時代それで充分商売になるのだが、もっと深くへ潜りたいと願う者もいる。

その点、ディルの所属する教習所は確実だ。

くだんのパーティーメンバーの内、リギルとディルを含む三人が教官として在籍している。

リギルパーティーは全員、国から特別に第八階層探索免許を与えられている。

他のどのパーティーも、複数回に及ぶ第七階層探索は成功させていないのだ。

だがリギルパーティーはそれを成し遂げた。

五人の特別性から、国家はいまだその実在を確認できていないにもかかわらず、この五人にだけは、第八階層を発見次第、探索しても良いとの許可を出した。

そしてその内の三人が『第八階層探索免許を取得している教官』となるわけだ。

教官は自分の探索免許に応じて、生徒に与えられる免許の種別が決まる。

つまりリギル・アドベンチャースクールでなら第八階層探索免許を取得できるという理屈になるわけだ。

実際はそう簡単な話ではないのだが、世間ではそういう認識になっている。

この少女も、その話を聞いて遠路はるばるやってきたのだろう。

なんとか受講料を工面して、それ以外は限界まで節約して、ここまで辿《たど》り着いたのだ。

第八階層で、死者を生き返らせるために。

それに対し「やめとけ」と言われれば、困惑するのも当然と言えた。

「そのままの意味だよ。深淵に人生懸けるほどの価値はない」

「……あの」

「今度はなんだ」

「貴方《あなた》は、一体……」

深淵について、まるで知っているかのように語るのが不思議なのか。

確かにもっともな疑問だな、とディルは納得した。

よれよれの服にぼさぼさの髪、武器も所持していなければダンジョン由来の道具も持ってなさそう。

今のディルは、探索者だと言われても信じられない風貌をしている。

「一応、ここで教官やってる。んじゃ、俺も仕事があるから行くわ」

実際は幼馴染に金を貸してくれと頼むのだが、これ以上ここにいたくなかったので嘘《うそ》をついた。

「あ……」

「それとお前、風呂《ふろ》入った方がいいぞ」

先程近づいて気づいたが、少々臭う。

少女は、煤けた顔でも分かるくらいに、頬を真っ赤にした。

体を清潔に保つ余裕などなかったのだろうが、今の状態で教習所内をうろつかれるのは勘弁願いたい。

ディルはポケットから硬貨を数枚取り出し、少女に握らせる。

「しばらくあっちに真っ直《ます》ぐ進んでくと、羊が描かれた看板出してる宿屋がある。そこでなら湯を出してくれるはずだ。なんならうちの紹介とでも言え」

「え、えっ、そ、そんなっ、受け取れません！」

「施しじゃねぇよ。そのまま中に入られたら迷惑だから言ってんだ」

「あぅ……」

面倒くさそうに言うと、少女はそれ以上拒まなかった。

「か、必ずお返ししますっ」

「気にすんな」

この分もリギルに借りるし、と脳内で補足するディル。

今度こそ職場へ向かおうとするディルだったが――。

「あのっ、お名前はなんというのですか？」

「……うちに入れたら教えてやる」

「あ、は、はいっ。わたしはアレテーと言います！　ありがとうございました！」

「はいはい」

もしうちに入ってきたら、別の教官に押し付けよう。

根が真っ直ぐな人間が、ディルは苦手だった。

そんなことを思いながら、親友に金を借りるべく職場に足を踏み入れる。

◇

ディルとリギルは、同じ町の出身だ。

当時二人は、一つの目的を持って探索者となり、仲間を集め、共に戦った。

故郷の町を出たのは、ディルが十三、リギルが十二の頃だったか。

あのアレテーという少女は十四、五という年頃に見えたから、目算が合っていればディルたちの方が探索者を目指した時期は早い。

あれから十年、リギルはいまだに高名な探索者として名を轟《とどろ》かせている。

一方ディルは、無気力で自堕落な人間になっていた。

今のディルしか知らない者からすれば、教官をやっていることさえ奇跡的だ。

あんなんでも一応働いているんだ、という気持ちだろう。

「またかい?」

アレテーという少女に構っていた所為《せい》で少々遅くなったが、始業まではまだまだ時間がある。

ディルは早速所長室を訪ね、幼馴染《おさななじみ》に金を無心した。

青い長髪の、温和そうな顔をした美丈夫だ。

加えて高身長かつ高収入という、隙のないこの完璧人間こそ、ディルの幼馴染だった。

彼が腰掛ける椅子の近く、机の横には、竜の首でも落とせそうな大剣が立てかけられている。

彼こそは、人呼んで『一刀両断のリギル』。

「あぁ、金を貸してくれ。頼むよリギル。な? 俺たち、フォーエバーにベストなフレンドだろ?」

「親しい友人だからこそ、金の貸し借りはしないという考えもあるようだけどね」

「そりゃ金で友情が壊れると思ってるやつの戯言《たわごと》だろ。俺たちの友情は不滅、永遠、完璧だ。だろ？　だからなんの問題もない。そう思わないか？」

こういう時、ディルの言葉はとにかく軽い。

リギルもそれを分かっているので、苦笑気味だった。

「どうだろうね」

「なんだよリギル。分かったよ。靴でも舐《な》めればいいのか？」

「そんな君の姿は見たくないな」

「そうかよかった。じゃあさっさと貸してくれ」

「こんな君の姿も、見たくなかったんだけどね……」

「諦めろ。人は変わる」

「……本当に、随分と変わった」

リギルは溜息《ためいき》を溢《こぼ》しつつも、最終的には革袋に入った金をディルに差し出した。

しかし、ディルがそれを摑《つか》む前に、ひょいっと避《よ》ける。

「あん？」

ディルは、金を借りる立場ということを忘れてリギルを睨《にら》んだ。

「条件がある」

「いいぜ。面倒くさくないことなら、なんでもやってやるよ」

ちなみに、大体何を言われてもディルは「面倒くさい」と答えるつもりだった。

「これは何度か言っていることだが、君にクレームが殺到していてね」

「無視しろ。クレーマーの意見なぞ耳を傾けるだけ無駄だ」

「……という君の意見の是非はさておき。彼らはしっかりと受講料を払った元生徒たちだ。

そして、試験の結果に納得が出来ないと」

「免許とれなくて文句垂れるやつはいつもいるだろ。別に俺だけ恨まれてるってわけでもない」

「それはその通りなんだが、君の元生徒からは特にクレームが多いんだ」

「うちは、金さえ積めば合格にしてやるようなクソ教習所じゃないだろ」

残念ながら、そういう教習所も存在する。

そして、そういう教習所で免許をとった者の多くは、すぐに命を落とすことになる。

「それもその通り。能力の伴わない者を死地に送り出すような真似《まね》は出来ないね」

「で？　結局、俺にどうしろって？」

「君は賢い。本当なら、落ちた者たちを納得させることも出来る筈《はず》だ。けれど、敢《あ》えて突き放すように接しているね」

「生徒のご機嫌とりをしろっていうなら、その分の労力を考慮して給料を上げてくれ」

「それで、君が生徒に親身になってくれるのなら」

「やっぱいい。面倒くさい」

「ディル」

「なんだよ」

「……君が辛《つら》いのは分かっている。けれど、もう少し生徒一人ひとりに向き合うべきだ」

「俺を雇ったのはお前だろ。使えないと思うならクビにしてくれ」

「そのつもりはないよ」

真っ直ぐに自分を見つめる親友に、ディルは表情を歪《ゆが》めた。

「……自分で言うのもなんだが、こんなのを雇い続けるとか、お前大丈夫か？」

「そう思うなら、少しは改善してくれてもいいんじゃないか？」

リギルは、少し寂しそうに苦笑した。

「やだね」

ディルは一瞬の隙を見逃さず、リギルから金を奪い取った。

「百年後に返すわ」

「返す意思があるとは驚いたな」

リギルはそれ以上食い下がらず、所長室を出ていくディルの背中を見送った。

◇

早起きした分の睡眠時間を取り戻すべく、教官たちの机が並ぶ職員室で爆睡を決め込んだディルだったが、授業開始の予鈴に目を覚ます。

長い欠伸《あくび》を漏らしてから、さて今日はなんの授業だったかと今になって確認すると、ディルは必要な資料を片手に抱えて職員室を出る。

途中で受付を通り過ぎたのだが、そこで「あ！」という声が聞こえてきた。

視線を向けると、見覚えがあるようなないような、白銀の髪の少女がこちらを見ている。

「さ、先程はありがとうございました！」

「ん……？　あぁ、さっきの」

まだ眠気の残る頭で記憶を探ると、すぐに思い出せた。

入り口にいたボロボロの少女だ。

体を洗って汚れが落ちただけで、随分と印象が変わる。いや、衣装の力も大きい。

ディルが紹介した宿の者は、どうやら少女に服も都合してやったらしい。

見た目から受ける印象は、路上生活者から村娘くらいには変化している。

「本当に感謝しています。あ、あのっ、今は持ち合わせがないのですが、か、必ずお金、お返ししますので！」

免許は順番にとらねばならない。

この少女が第八階層を目指しているなら、第一階層探索免許から数えて八つも取得しなければならないわけだ。

第一階層探索免許取得のための受講料だけでも、庶民が目ン玉飛び出るくらいの額が必要になる。

一旦第一階層で稼げるようになれば生活も変わるだろうが、今はまだ無理。

少女に余裕がないのは、説明されるまでもなく分かっていた。

「気にすんなって言ったろ。じゃあまぁ、頑張りな」

「あらディルちゃん、この子と知り合い？」

その場を去ろうとするディルだったが、受付の中年女性に呼び止められてしまう。

オークの主婦だ。講師ではないので、探索免許は持っていない。

「俺のことをディルちゃんとか呼んでいいのは、妖艶《ようえん》なお姉さまだけだ」

「ならあたしは合格でしょ」

ディルは「どこがだよ」という言葉を呑《の》み込んだ。

「訂正するわ。人間基準で妖艶なお姉さま限定なの」

「惜しいわね」

「ほんとにな」

「──ディル……ちゃん？」

少女がうわごとのように呟《つぶや》く。

ディルは少女をじとりと睨んだ。

「お前のどこが妖艶なんだよ、十年早いわ」

「え、あ、す、すみません！」

少女は恐縮したようにぺこぺこと頭を下げる。

ディルは毒気を抜かれて、頭《かぶり》を振った。

「いや、いい。今度こそ行くわ、授業あるし」

「あ、あの！」

こいつ人のこと呼び止めるの好きだな……とディルは若干苛立《いらだ》ちながら立ち止まる。

「なんだ」

「あの、ディルってお名前……もしかして、『深淵《しんえん》踏破のディル』様ですか⁉」

ディルはその瞬間、全てを理解した。

というか、薄々そうではないかと思っていたことが確定してしまった。

この少女は第八階層を目指している。

深淵に用がある。

本気でその存在を信じている。

だから、ディルのその異名のことも信じているのだろう。

そして、ディルに教えを請《こ》うべく遠路はるばるやってきたわけだ。

――ぜ、絶対相手にしたくない……！

「チガウヨ？」

ディルは嘘《うそ》をついた。

「えっ」

「ヒトチガイダヨ」

「えっ、えっ……？　そ、それは失礼しました！」

少女は信じた。

「キニシナイデ。ガンバッテネ」

「は、はい！　頑張ります！」

ふう、とディルは額を拭い、授業へ向かう。

そんなディルを、受付の女性は呆《あき》れたような目で見ていた。

ディルは、頭の中でどうやって彼女を他の教官に押し付けようかと考えていた。

だから、気づかなかった。

ディルと少女のやりとりを、リギルが聞いていたことに。

◇

その日のディルの授業は、第五階層探索免許取得者向けのものだった。

さすがにそこまで階層が深くなると、受講者もガクッと減っていく。

使用するのも少人数用の教室になるが、それでも空席が目立つ。

現在、生徒はたった二人だった。

「第五階層で一番厄介なのは、バクってモンスターだ。こいつは悪夢を見せてくるんだが、遭遇すると回避不能なんだよ。こっちのトラウマやらコンプレックスをガンガンついてくる悪夢に魘《うな》されながら死ぬか、他のモンスターに殺されるか。どっちにしろ負けだな」

ディルは話しながら黒板に絵を描いていた。

ゾウのような鼻をした、二足歩行のモンスターだ。

残念ながら絵心がなく、イメージが生徒に伝わっているかは怪しかった。

だがディルは満足げな顔で頷《うなず》き、話を続ける。

「対策はもちろんある。一つは遭遇しないこと。基本、向こうがこっちを認識したら悪夢スタートだと思え。こっちが先に相手を捕捉し、バレないように避けて進む。これなら悪夢は見ずに済む」

「質問があるんですけど」

ピシッと背筋を伸ばして席に座る女子生徒が、これまたピシッと手を上げている。

ツインテールの少女だ。

一本一本が金糸のように輝く長髪、ハッとするほどの美しい顔、白く弾力に富んだ肌、豊満な胸部、少し尖《とが》った耳。

そこに加え、ツリ目がちな瞳、鋭い眼光、近寄りがたい雰囲気、刺々《とげとげ》しい口調。

それがディルの担当生徒――モネという少女の特徴だ。

「ん」

ディルが顎だけで頷くと、生徒はその薄い唇を開いた。

「バク討伐によるドロップ品を狙いたい場合は、どうすればいいんですか？」

「これは対策ごとに変わる。まずは二つ目の対策からだな。こっちはリスキーだが、敢えて悪夢に飛び込んで、打ち勝つって方法だ。悪夢の中でトラウマやコンプレックスを克服するんだわ」

そう簡単に克服できないから、トラウマやコンプレックスとして心に根付いているわけなのだが……。

「なるほど……二つ目の方法にはかなりの精神力が求められますね」

「まぁな。対策とは言ったが、負け確ではないってだけの情報だし」

「いえ、充分です。生き残る術《すべ》があると知っているかいないかで分かれる道もあるでしょうから」

ちなみにもう一人の生徒は小柄な少女で、クマ耳の亜人なのだが……。

彼女はひたすら早弁をしている。

どこからともなく食料を取り出しては頬張っていた。

実力はあるのだが普通の人間たちに馴染《なじ》めないということで、他の教官たちからディルに押し付けられた人物でもある。

ディルは自身がズボラだからか、授業の進行が妨げられない限り何をやっても放置することにしている。

「悪夢に打ち勝った場合は、術を突破された影響でバクに隙が生じるから、そこを突いて倒せ。一つ目の隠密《おんみつ》行動を選んだ上でこいつを倒すなら、やり方は暗殺だな」

「……遠距離攻撃ということですか？」

モネが苦々しげに目許《めもと》を歪める。

というのも、彼女の能力は近接特化なのだった。

探索者用語で暗殺と言えば、敵に気づかれないままに遠方から倒すことを指す。

「背後から忍び寄って首でも背中でも斬ればいいだろ」

ディルがそう補足すると、彼女は満足げに頷く。

「それなら出来ると思います」

「オススメはしないぞ」

敵にバレないように探索を進めるという行為からして、難易度が高い。

基礎能力はもちろん、様々な技能や知識を身に着けている者にだからこそ、ディルの今の説明には意味があった。

第一階層探索免許も持っていないヒヨっこたちとは違う。

二人の生徒は現時点で第四階層探索免許までを取得しているのだ。

「問題ありません」

ふふんっ、と言い出しそうなほどに自信に満ちた表情のモネ。

ディルは「あぁそう」と適当に返す。

モネは自信家ではあるが自信過剰ではないので、ディルとしては手間のかからない生徒で助かる。

能力面とは別に、性格面では困った生徒なのだが。

「嫉妬領域では、嫉妬の元となる感情『羨望《せんぼう》』を満たす品が手に入る。コンプレックスを解消し、憧れの自分に近づけるわけだ。使用者基準で『美しくなる』『賢くなる』『強くなる』って具合にな」

「色欲領域での獲得品と一部被《かぶ》っていますね」

色欲領域は第三階層で、サキュバスなどのモンスターからの魅了攻撃を受ける。

これは常人にはとても抗《あらが》えない強力なもの。

なんとか突破すると、強力な媚薬《びやく》・精力剤の他、他者から魅力的に見られる薬なども手に入る。

あまりに効果が強力なので、売り買いに制限が掛かっているほどだ。

「あっちは効果が一時的って共通点がある。嫉妬領域の獲得品なら、効果は永続だ」

暴食、怠惰、色欲の第一から第三階層で手に入るものは、人の欲を一時的にしか満たせない。

食い物は食えば終わり。便利な道具には期限や回数制限がある。薬の効果は一時的。

だからこそ需要が絶えないという部分もあるが、もっともっとと欲を出す者も現れる。

まるでそんな者たちをより深くへと誘《いざな》うかのように、ダンジョンの深層《しんそう》には永続効果のアイテムが存在した。

「獲得品に狙いのものでもあるなら別だが、そうでないなら嫉妬領域は極力避けるべき階層と言える。つーか第一階層以外は全部そうなんだが……」

探索才覚《ギフト》はその大半が、戦闘用だ。

それが一番活《い》かせて、かつ稼ぎに直結するのは暴食領域なのである。

第二階層以下を目指す者には、金だけではない目的がある。

ディルは、人のそういった個人的な部分になるべく関わりたくなかった。

しかし、第八階層探索免許までを取得しているために、モネのような生徒を担当することがあった。

「でも、先生だってかつては深層を探索していましたよね？」

その通りだった。

「狙いのものでもあるなら別だって言ったろ？」

ディルは一瞬だけ眉を揺らしたが、すぐに面倒くさそうな顔で答える。

「それは、手に入りましたか？」

「プライベートな質問は禁止だ」

モネは不満そうな顔をしたが、食い下がらなかった。

そこでちょうど、授業終了を知らせる鐘が鳴る。

「お、じゃあ今日はここまで。次はバク以外の出現モンスターについてと、三箇所ある『蜘蛛《くも》の垂れ糸』、四箇所ある『黒い丸穴』について教える。以上!」

ディルは黒板の絵を消さないままに教室を後にする。

「あ、ちょっと!」

モネの声が聞こえた気がするが、気の所為《せい》だろう。

次の授業までの貴重な休憩時間を無駄にするわけにはいかない。

「待ちなさいってば! ディル!」

「……『先生』とか『教官』とか付けろよ」

振り返ると、モネが立っていた。

年の割には背が高く、猫背気味なディルと比較すると彼女の方が大きく見える。

彼女はいかにも『怒ってます』と言わんばかりの顔で、腰に手をあて、若干前かがみになっている。

手に白い粉がついているのは、ディルに代わって黒板を綺麗《きれい》にしてから来たからか。

「あら、あなたそういうの気にする人だっけ？」

「いや、周囲に親しいって思われたら嫌だろ？」

ちなみにだが、モネは授業中は生徒と教師という関係性を考慮してか、敬語を使う。

だがそれ以外の時間では、素の性格で突っかかってくるのだった。

「な、なによ……。そんなふうに言わなくてもいいじゃない」

先程までの威勢はどこへやら。

モネは傷ついたような顔になる。

どうやらディルの言葉を勘違いしたようだ。

彼女は人間とエルフの間に生まれた子だ。

今では異なる種族の間に生まれた子を『運命の愛《いと》し子』と呼ぶ向きもあるが、基本的にはかつて使われていた呼称がそのまま使われる。

エルフで言えば、ハーフエルフだ。

ハーフエルフは、特にエルフの側から迫害される傾向にある。

モネは他者に否定されることに、人一倍敏感だった。

「俺がじゃなくて、お前に良くないんじゃないかってことだ」

「……どういうことよ」

「こんなふうに俺にばっか構ってたら、特別親しいって思われるぞ」

「……じ、実際に親しいかは別として、それの何が問題なのよ」

モネの顔は少し赤い。

「『光芒一閃《こうぼういっせん》のモネ』様ともあろうお方がこんなダメ教官と親しくしてたら、評判が落ちるんじゃないか？」

ディルはとにかく、授業以外で生徒と関わりたくなかった。

親しくなるほどに、彼ら彼女らが命を落とした時に憂鬱な気分になる。

かといって、探索者になるような者は、止めてもダンジョンに潜るものだ。

つまり、知り合ったが最後、そう遠くないうちにそいつは死ぬ。

ならば、なるべく深く関わらない方がいい。

だが、それを許してくれないモネのような者が、ディルの周囲には何人かいた。

ディルがヘラヘラと自分を卑下すると、モネは不機嫌そうに綺麗な眉を歪《ゆが》めた。

「あのね、あたしはこのリギル・アドベンチャースクールに最高の教育を求めて来てるの。そして、大変不愉快なことだけれど、授業には何の不満もないわ」

「そりゃどうも」

「あなたはダメ人間だけど、ダメ教官じゃないわ。あたしの先生をバカにしないでちょうだい」

真剣な表情で、彼女はそんなことを言う。

困ったことに、モネはディルのことを高く評価しているようなのだった。

その評価に見合うよう、普段の生活も改善しろと求めてくるのが厄介なのだが……。

ディルは、わざと訝《いぶか》しむような顔をした。

「今、俺のことダメ人間ってバカにした？」

「おバカ。教官としては優秀って褒めたんでしょうが」

「お前も優秀な生徒だよ」

ディルが人を素直に褒めることは、めったにない。

モネもそれを分かっているので、不意打ちに驚くような顔をしたあと、照れるように頬を赤く染めた。

「な、なによ。ま、まぁ？　分かりきってることだけど？　一応、ありがとうと言っておくわ」

「じゃあ俺たちの間に問題はないよな？　おつかれ」

ディルが彼女に背を向けて歩き出すと、すぐさま肩を摑《つか》まれた。

「待ちなさい」

「まだ何かあるのか？」

「あたしは諦めないわよ。あなたを真人間にしてあげるから」

「勘弁してくれよ。なんだってそんなにしつこいんだ」

「あなたは実際の能力に対して不当な評価をされているわ！　あたしはそれが我慢ならないの」

「……俺は別に、不満とかないですけど」

ちゃんと評価されたい、という欲求を否定するつもりはない。

それを原動力に成長する者もいるだろう。

ただ、ディルは違う。

馬鹿にされようが見下されようが笑われようが、そんなことはどうでもよかった。

大事なことは一つ。ただ一つ。

そして、それはもう失われてしまった。

だから今のディルは無気力な教官に過ぎない。

無気力に、ただ生きるべく、仕事としてダンジョンに関わっている。

だがモネはそれが気に入らないようなのだ。

「背筋を伸ばしなさい！　ちゃんとした服装を心がけなさい！　ハキハキ喋《しゃべ》りなさい！

それだけでも印象は変わるわ！」

「分かるよ」

ディルは深く頷《うなず》き、モネの美しい顔をしっかりと見つめた。

「でも、面倒くさいんだ」

「真剣な表情でおバカなことを言わないの」

「俺は変わらんぞ。どうしても嫌なら、教官を変えてもらえ」

モネは頰を膨らませる。

「嫌よ。あなたの授業、ためになるもの」

「ならそれだけで満足してくれ」

「嫌よ。あなた裏でなんて言われてるか知ってる？『反面教師のディル』よ？ほんとむかつく！誰かしらそんなあだ名付けたのは！」

モネは怒り狂っているが、ディルは少し吹き出した。

「ちょっと上手《うま》いな。確かに、俺は反面教師にすべきだ。あはは」

「笑わないの！」

ディルは、自身の経験からダンジョンについて教えている。

それを、どれだけ真剣に受け取るかは生徒次第。

　モネは、ディルがもっと『まともな教官』っぽく振る舞えば、生徒たちの反応が良い方向に変わると思っているようだ。

「とにかく！　陰口を叩《たた》くような輩《やから》に付け入る隙を与えないようにするのよ！」

「あのなぁ、他人の悪口で盛り上がるようなやつらは、完璧なやつにだって文句をつけるもんなんだ。意識するだけ無駄だろ」

「言われっぱなしなんて悔しくないの？」

「別に」

「悔しがりなさい！」

「お前ほど熱くなれんよ……」

　ディルがモネに付きまとわれていると、それを見た周囲の者たちが囁《ささや》き出す。

「またやってる……」「なんだってあんな教官に構うのかしら」「モネさんにとっては仮にも恩師だからでしょ、彼女って面倒見いいので有名だし」「さすがは『聖女モネ』ね」「あの教官って謎に人望あるよな」「優秀な人に取り入るのは得意なんじゃない？」

「そこ！　聞こえてるわよ！　ディル教官への無礼な発言を取り消しなさい！」

　蜘蛛《くも》の子を散らすように、生徒たちがその場を去っていく。

「あ、逃げても無駄よ！　顔覚えたからね！」

モネが騒いでいる間に、ディルは職員室へ駆け込む。

「ちょっとディル⁉」

さすがのモネも、職員室に入ってまで説教はしない。

それにこの後はダンジョン探索の予定だったはずだ。

「……自分を慕う生徒くらい、ちゃんと相手してあげたら」

緑髪の童女が立っている。

違う。

童女に見えるだけで、彼女の種族では標準的な体格だ。

リギルとディル、そしてもう一人。

リギルパーティー五人の内、教官をやってるのは三人いるが、彼女が最後の一人だ。

「嫌だね」

「ダメ教師」

「はいはい。で、俺に何か用か？」

「……別に」

そう言いつつ、彼女はディルをちらちらと見ている。

「なんだよ」

「なんでもないから。ただ……パーティーを抜けても、仲間なのは変わらないんだから
……その、なんかあったら、ちゃんと言って、ってだけ」

彼女は、ディルにしか聞こえない声量でぼそぼそと言う。

「俺が困ってるように見えるか？」

「リギルにお金借りまくってるの、知ってるんだけど」

「お前には頼まないから、安心しろ」

「別に、ほんとに困ってるならそれくらい……」

「気持ちだけ受け取っておくよ。借りを作るのは好きじゃないんだ」

「……リギルしか頼らないってわけ。ふうん、へぇ、あっそ」

何が気に食わないのか、彼女はディルに背を向けすたすたと去っていく。

「なんだっていうんだ……」

ディルは次の担当授業まで一コマ空いていることを確認すると、自分の机に突っ伏して眠った。

アレテーという少女を教え子にせざるを得ない状況に追い込まれたのは、このあとのことだった。

◇

その日の担当授業を全て終えたディルは、朝リギルに借りた金で夕飯を食い、帰路についた。

ディルが住んでいるのは、プルガトリウムでは珍しくない賃貸の集合住宅だ。

なんといっても、この都市は世界で唯一ダンジョンのある場所だ。

そのダンジョンから得られる品々の価値もあって、都市は大いに栄えている。

そうなると土地代も高くなるわけで。

一戸建ての邸宅など、一部の成功者だけの夢となっている。

ちなみにディルの元パーティーメンバーは、ディル以外みんな自分の家を持っている。

もっと言うと、ディルが住んでいるアパートは、丸ごとリギルの所有するものだったりする。

そしてディルは、そこに家賃を払わず住んでいた。

とことんまで幼馴染《おさななじみ》の厚意を貪って生きていることに、何の罪悪感もないディルだった。

一階部分は雑貨店となっており、住居部分は二階から。

一見レンガ造りの建物だが、強欲領域由来の建材を使っていて強度や耐火性はそのへんの建造物の比ではない。

ディルの部屋は二〇三号室。

彼は一瞬、角部屋の二〇四号室に視線を向けてから、自分の部屋の扉を開いた。

「おかえりなさいませ、ディル教官《せんせい》！」

何故《なぜ》か、玄関にアレテーとかいう少女がいた。

ディルの脳内を色々な考えが駆け巡り、そして――面倒くさくなって思考停止する。

彼はアレテーの首根っこを摑み、扉の外へ放る。

「あうっ」

尻もちをついたアレテーが目を回した。

「えっ、えっ？　先生⁉」

まさか即追い出されるとは思っていなかったようだ。

「お前のような生徒は受け持ってない」

この少女が自分の家にいた理由など考えたくもない。

扉を閉めようとするディルに、アレテーが慌てて一枚の紙を取り出した。

「り、リギル所長からのお手紙を預かってきました！」

ディルはそれを受け取り、読まずに破いた。

これでもうリギルの用事は分からない。

破けてしまったのだから仕方がないというものだ。

「……ディ、ディル先生なら破くかもしれないと、お手紙はもう一通預かっています」

アレテーが破かれた手紙に同情するような視線を向けながら、もう一通の手紙を取り出す。

「……ちっ」

さすがは幼馴染。ディルの行動などお見通しというわけか。

ディルは渋々手紙を開く。

内容は簡潔だった。

――『アレテー氏の担当教官になるように』。

――『断った場合、来月から家賃を払ってもらう』。

「あいつは悪魔か!?」

家賃を払うのは当たり前ということを考慮せず、ディルは叫ぶ。

リギルは周囲が本気で心配するほどにディルに甘いことで有名だが、実のところなんでもかんでも許容するわけではない。

幼馴染だからこそ、ディルにはそれが分かっていた。

ディルは、アレテーの指導を引き受ける面倒くささと、幼馴染を怒らせる面倒くささを天秤《てんびん》に掛ける。

結果。

「…………アレテーだったか」

「！　はい、アレテーです！　親しい人はレティと呼びます！」

「では、アレテー」

ディルがそう呼ぶと、アレテーはしゅんとした。

気軽にレティと呼んでほしかったのかもしれない。

「お前の指導を引き受けよう」

ぱぁっと、彼女の表情が輝く。

「ありがとうございます！」

「ただ、勘違いするなよ。リギルの思惑は知らんが、特別扱いはしない。他の生徒同様に授業を受け、他の生徒同様に勉強しろ。俺はただ、担当教官ってだけだ」

「はい！　頑張ります！」

とても良い返事だった。

——リギルのやつ、深淵《しんえん》目指してる世間知らずを俺にあてがって、何を狙ってやがるんだ……。

「それでは、晩ごはんをお作りしますね」

「いや食ってきた………ん？」

どこからともなくエプロンを取り出して着用するアレテーに、ディルは首を傾《かし》げる。

咄嗟《とっさ》に返事をしてしまったが、何故こいつが俺の飯を作るなんて話になるのだ？　と。

「そうでしたか……。では、軽いお夜食でも」

「ちょっと待て」

「はいっ、先生！」

ぴしっと姿勢を正して立ち止まるアレテー。

「生徒は、教官の飯の世話をする必要はない。帰れ」

ディルは扉を指差して、帰宅を促す。

アレテーは困ったような顔になった。

困ってるのは俺の方だ、とディルは胸中で愚痴る。

「あの、お恥ずかしながら、わたしは受講料分を除いたお金を持っていなかったのですが」

「それは知ってる」

あんなボロボロの格好でやってきた時から分かっていた。

「見かねたリギル所長が、ある条件で支援してくださると仰《おっしゃ》って」

嫌な予感がするディルだった。

「その条件ってのは、まさか……」

「はい！　ディル先生の生活環境の改善をお手伝いすること、です！」

なんて親切で幼馴染思いの親友なのだろう。

余計なお世話ともいう。

「……なぁ、お前、まさかここに住むとか言い出さないよな」

ディルは頭痛を堪《こら》えるように額を押さえながら、おそるおそる尋ねた。

「所長が二〇二号室を貸してくださいました！」

ディルの隣室だった。

最悪ではなかったが、最悪の一歩手前くらいの状況だった。

「悪夢だ……」

「ご迷惑はおかけしないように頑張ります！　掃除洗濯料理、全てわたしにお任せください！　故郷では親の手伝いをしていましたから、基本はばっちり習得済みです！」

えっへんとばかりに、小さな胸を張るアレテー。

「じゃあ、まず」

「はい！」

「うるさいから、帰れ」

ディルは再びアレテーの首根っこを掴《つか》み、廊下に放り出す。

「あうっ。先生！　先生!?　……で、では、朝になったら朝食をお持ちしますね！」

その日を境に、ディルの自堕落な生活は破壊されていくことになる。

白銀の髪の、純真無垢《むく》な子うさぎによって。

この出逢《であ》いが『反面教師のディル』を変えることになるとは、彼自身思いもしなかった。

第二章

生徒に子うさぎ、後輩にハーフエルフ

A teacher by negative example
in the training school
for dungeon of mortal sin.

これは夢だ、とディルはすぐに理解した。

この悪夢とは、かれこれ十年来の付き合いになる。

故郷の、ボロく狭い木造の家。

その寝室。

病床に臥《ふ》す、幼い妹。

頬は痩せこけ、目許《めもと》は弱々しく黒ずみ、肌は病的に白く、呼吸は酷《ひど》く浅く、表情は苦しげ。

元々は活発な妹だった。

兄とその親友の影響か、いつも男の子たちの遊びに交ざりたがった。

それが、ある病に罹《かか》ってから半年でこうなった。

これは、半分記憶で、半分が妄想だ。分かっている。

『おにいちゃん……』

ベッドから、妹が手を出してくる。

ディルはそれを優しく包む。

妹の体はとても冷たい。自分の体温全部あげてもいいから、彼女に温かさを戻してくれとディルは祈った。

ここまでが、記憶。

ここからが、妄想。

分かってるのに、毎回怖くて。

自分と同じ黒髪黒目。髪は肩くらいまであり、自分よりずっと長い。自分と違って、容姿に優れていると村でも評判だった。

今となっては見る影もなく弱った、その妹が、こちらを見上げている。

『おにいちゃん――深淵に行って、わたしを生き返らせてくれるんじゃなかったの？』

呪うような瞳で、偽物《にせもの》がそう言った。

『嘘《うそ》つき』

◇

美味《うま》そうな匂いで目が覚めた。

「……せい……せんせい……先生っ」

瞼《まぶた》を開くと、子うさぎが心配そうにこちらを見ている。

「大丈夫ですか？　魘《うな》されているようでしたけど……」

なんだったか。そう、アレテーだ。

と、記憶を探りながら、ディルは上体を起こし、そしてアレテーの額を指で弾いた。

「あうっ。な、なんでですかっ⁉」

アレテーは調理器具を持っていない方の手で額を押さえる。

涙目だった。

「不法侵入だ、デコピンなんざ軽いもんだろ」

罰としては、軽すぎるくらいではないだろうか。

――ていうか待て、調理器具？

おたまである。

ちなみに、昨日追い出した時にも着用していたエプロン姿だった。

「ふ、不法侵入じゃないですよぉ。昨日言ったではありませんか。朝ごはんお持ちしますと……！　どうせなら、こちらで作った方が早いと思いまして！」

「まず、俺は許可してない。よって不法侵入だ」

「えぇっ⁉　そんな……わたし、犯罪者ですか……⁉　つ、捕まりますか⁉」

本気で慌てるアレテーだった。

「突き出すのも面倒だ。デコピンで勘弁してやる」

「よ、よかったぁ……。さ、さっきのはそういうことだったんですね！」

朝食を作りに来てデコピンされたにもかかわらず、安堵《あんど》の溜息《ためいき》を漏らすアレテーだった。

ディルは、今までよく無事に生きてこられたものだと、将来が心配になる。

——悪いやつに騙《だま》されそうで不安になる娘だ。

寝癖だらけの頭をぼさぼさと掻《か》きながら、ディルは鼻腔《びこう》をくすぐる朝食の香りに意識が向く。

「何作った」

「卵とベーコンを焼いたものと、根菜のスープと、パンです！」

「材料は……ってあぁ、一階の雑貨屋か？」

雑貨屋のくせに、野菜も肉も卵もパンも売っている。

更にはダンジョン由来のアイテムまで販売しているので、もはや「雑貨とは？」という感じだが、店主がそう看板を掲げているので、客はみんな諦めて雑貨屋と呼んでいた。

品は良《い》いがその分割高だったりもするのだが、自炊しないディルには関係のないことだった。

そのあたりの金も、リギルが事前に渡していたのだろう。

親友の金で飯を食う分には気も咎《とが》めない。

「まだ時間あるだろ、なんで起こした」

「え？　今から朝食をとって準備をしてと考えると、これくらいで丁度いいと思いますが……」

「あ？　そんなわけ……いや、そうか。お前、俺が今日も一時間前出勤すると思ったのか」

「？　昨日お会いしたのは、それくらいの時間帯でしたよね？　普段は違うのですか？」

その通りだった。

しかしあれは親友に金を借りるために早めに顔を出しただけなのである。

さすがに、そんな説明はしたくないディルだった。

「……昨日は、少し早めに家を出たんだ。たまたまな」

「そうだったんですね！　いつもはどれくらいに起きるのでしょう。わたし、ちゃんと覚えておきます！」

そもそももう来ないでほしいのだが、言っても無駄だろう。

「一時間後くらいだな」

「あ、あのー、先生」

アレテーが控えめに手を上げる。

「なんだ」

「それだと、始業ギリギリになってしまいます。教官がたは、もう少し早めにアドベンチャースクールにいた方がよいのでは？」

「正論を言うな、言い返せないだろ」

「えっ。ご、ごめんなさい……？」

アレテーは戸惑った声を上げる。

「ぶっちゃけ、授業開始までに教室についてれば問題ない。だから俺をギリギリまで寝かせてくれ」

「す、すみません。それはできませんっ！」

「あ？」

「うぅ……。先生の言うことは聞きたいのですが、ダメなんです。遅刻ギリギリの生活は健全とは言えません！　しっかりとした時間に起き、ちゃんと朝食を食べて、余裕を持って家を出るべきだと思うんです！」

「そんなまともな人間みたいなことが出来るか」

「えぇっ。で、出来ると思います！　先生なら出来ます！　絶対！　わたし、信じてますから！」

「簡単に人を信じるな。人は裏切る生き物だ。俺もお前の期待を裏切って二度寝する」

「えぇっ⁉　こ、困ります！」

一々大げさな反応をする少女だ。

これではまるで、自分がイジメているみたいではないか。

眠気も消えてしまったので、ディルは渋々起き上がって食卓へと向かう。

そんなディルの後ろで、アレテーが布団《ふとん》を整えていた。

「……そんなことまでしなくていい」

「いえっ、所長との契約ですから！」

真面目なやつが張り切ると、怠惰な人間は憂鬱になる。

ディルはまさに、それを感じていた。

子うさぎを鬱陶しく感じながら、思えば随分と久しぶりに、悪夢の余韻がなかったことに気づく。

いつもなら起きてしばらくは気分が落ち込んでいるのだが……。

――いや、こいつの所為《せい》で結局憂鬱だし、変わらんか。

悩みのタネが悪夢か子うさぎかという違いしかない。

出勤したら、一番にリギルに文句を言ってやろうと、ディルは心に決めた。

ちなみに、アレテーの作った朝食は美味かった。

◇

――とまぁ、そんな具合に、子うさぎの登場によって俺の平穏な日常は音を立てて崩れていったのだった……。

彼女を生徒にするまでの記憶を振り返り、改めてディルはうんざりする。

アレテーを生徒にしてから一週間と少し。

彼女が魔動熨斗《アイロン》をかけるので、ディルの服にはシワ一つない。

しかも、服の組み合わせなど微塵《みじん》も考慮しないディルに代わり、彼女がコーディネートを担当した結果、だらしのないダメ教官はまともっぽい姿に大変身。

寝癖まで直そうとするのはさすがに阻止したが、遅刻癖も治ったことにより、周囲の評判は微妙に上向きになっていた。

元の評価が低すぎるので、上がったところで大したことではないのだが。

モネなどは、ディルがようやく自分の意見を聞き入れたのだと勘違いして上機嫌になる始末。

ディルは居心地が悪いといったらなかった。

そんなこんなで、アレテーに侵食された一日が今日も始まる。

「先生！　おはようございま——す？　ええっ!?　せ、先生が、わたしが起こすより先に起きてます!?」

部屋に入るなり失礼な驚き方をするアレテーに、ディルはジト目を向ける。

「体調管理は探索者にとって重要なことだ。睡眠不足、体調不良、首を寝違えただけでもパフォーマンスには影響が出る。くだらないことで命を落とすことは充分有り得るんだよ。だからこそ、探索日に向けて完璧に体の調子を整える必要があるわけだ。寝坊で予定を崩すなんてのは論外だ」

普段とあまりに違うディルの態度に、アレテーは戸惑いを隠せない様子。

違うと言えば、格好もそうだ。

いつものディルは上はくたびれたドレスシャツ、下は裾びろびろのズボンという格好。

アレテーの登場によって小綺麗《こぎれい》になったが、とても探索者には見えない。

だが今日は違った。

機能性重視の上下の衣装に、体をすっぽりと覆う外套《がいとう》。

ちらりと覗《のぞ》くのは、体中に巻きつけられたベルトと、そこに取り付けられた小物入れだ。

腰にはショートソードを差している。

「……あっ、今日は探索才覚《ギフト》を確認する日、だからですね！」

少し遅れて、ディルの装備の意味に気づいたアレテーが声を上げる。

それから、感動したような目を向けてきた。

「そのお姿が、『深淵《しんえん》踏破のディル』の探索装備なんですね！」

瞳を輝かせる彼女の様子は、まるでお姫様に憧れる童女である。

「格好いいです！」

「初めて言われたわ……」

ディルは呆《あき》れた声で言う。

探索者は身軽が良いと言われる。

できるだけ多くのものを持ち帰るためだ。

高位のパーティーだと、荷運び用の人材を雇うこともあるくらいだ。

持ち帰った品が稼ぎに直結するのだから、そういう考えになるのも頷《うなず》ける。

戦闘では足手まといになりかねないので、一長一短なのだが。

見た目に反して多くのものを収納できるダンジョンアイテムも存在するが、稀少《きしょう》な上に使用期間が限定されているものも多い。

とにかく、入る前から荷物の多いやつはアホだと思われる。

ディルのように、サポート系の探索才覚《ギフト》で荷物が多い者など論外だ。

理解ある元仲間は受け入れていたが、それはそれとしてこの格好は控えめに言っても、格好良さとは縁遠い。

だがアレテーは世辞を言えるほど器用ではないので、本気で言っているのだろう。

「えぇっ。こう、佇《たたず》まいというか、プロ！　って感じがします！　百戦錬磨！　という感じもします……！」

精一杯に感想を伝えようとするアレテー。

「分かったからそのへんにして、さっさと飯を食え。俺はもう食った」

ディルは食卓を指差す。

そこにはアレテーの分のサンドイッチが置いてあった。

一階の自称雑貨店で買っておいたのである。

「えっ？」

「なんだ、お前まさか今日も料理するつもりだったのか？　調理中、万が一にでも火傷《やけど》したらどうする。言っとくがな、『なんかだるい』ってだけでも探索は休むべきなんだよ。百点の自分じゃないならダンジョンには行くな。死因が『九十九点の自分だったから』とか死んでも死にきれないだろ」

しばらくぽかんとしていたアレテーだったが、やがて「はい！」と大きく返事した。

「あのっ、食事の前に、先生の教えを反芻《はんすう》してもよいでしょうか！」

「……教えじゃなくて忠告だ。まぁ、勝手にしろ」

「はい！　ありがとうございます！」

素直な生徒だ。

もしディルがアレテーの立場なら「もっと早く教えとけよ」と文句を垂れるところなのだが、彼女の頭にはそんなことよぎってもいないようだ。

一応、あとで他の生徒たちにも忠告するつもりではいる。

だがきっと無駄に終わるだろう、とディルは考えていた。

ダンジョンに潜れば大金が稼げる。

『なんかだるい』で、一日の稼ぎを諦められるだろうか？

特に新人にとっては、否《いな》であろう。

こういうのは、一度痛い目を見ないと学べない。

だがダンジョンで言う痛い目とは、多くが死だ。

学びを活《い》かす機会は永遠に得られないことが多い。

それをなんとかするのが、アドベンチャースクールの役目。

教官陣が監督した上で、ダンジョンに潜る講習だ。

死にかける恐怖を体験しても、教官が守ってくれる。

そこまでしてようやく、教官たちの言葉を少しは聞く気になるのが、探索者志望というもの。

しかし、アレテーはなんでもありがたそうに吸収する。

実に珍しいタイプといえた。

彼女の目的が稼ぐことではなく、生きて深淵を踏破することだから、というのもあるかもしれない。

メモをとったあと、小さな口で小動物みたいにもぐもぐサンドイッチを頬張るアレテーを置いて、ディルは家を出る。

「あっ、いってらっしゃいです、先生！　また後程！」

教官の方が先にアドベンチャースクールにいなければならないので、いつも別々に家を出ている。

「あー……面倒くさい」

体調は万全に整えた。

意識も研ぎ澄まされている。

それでも、ディルはかつてとは違う。

ダンジョンへのモチベーションというものが、欠片《かけら》も残っていなかった。

今はただ仕事として、自分が死なないために、生徒を死なせないために、かつての自分をなぞって準備を進めているだけ。

アレテーと同期の者たちは、今日、自分の探索才覚《ギフト》を知る。

それによって、個々人の訓練方針が決まる。

だが、みんながみんな期待の力に目覚めるわけではない。

少なくない人数が、期待はずれの能力に落胆し、苦労することだろう。

このイベントが、ディルはあまり好きではなかった。

◇

朝、教習所前の通り。

そこには数十人の生徒が集まっていた。

今日はクラスで共にダンジョンへ向かう課外授業。

そこで各々《おのおの》の探索才覚《ギフト》を確認する。

超能力、魔法、なんでもいいが、物語に出てくるような特殊能力を、ダンジョン内限定とは言え手に入れられるのだ。

夢見がちな若者はもちろん、人生一発逆転を狙った大人たちも揃《そろ》って色めきたっていた。

「暴食型こい暴食型こい……」「何型でもいいから、青の三級くらいはとれる当たり能力でありますように……」「サポート系は勘弁してくれ～」「教官たちの探索者装備ってなにげに初めて見るな～」

一部呑気《のんき》な生徒もいるが、概《おおむ》ね緊張した面持ちだ。

ちらり、とディルはアレテーに視線を遣《や》る。

「あぅ……」

可哀想《かわいそう》になるくらいにブルブル震えていた。

深淵で誰を生き返らせたいかは知らないが、元が心優しい少女だ。生死を懸けたダンジョン攻略など、心に合っていないのだろう。

「無理そうなら帰ってもいいぞ」

ディルがそう声を掛けると、アレテーはぎゅっと胸の前で両手を握り、顔を上げた。

「いいえ、大丈夫です！　頑張ります！」

「そうか」

自分の性質を無視してでも、救いたい人物がいるらしい。

「こら！　静かになさい！　今どき五歳児の方がまだ聞き分けいいわよ？」

と、大層張り切っているのはハーフエルフの優等生――モネだった。

優秀な彼女は、探索者として活躍しながら更なる免許取得を進めるだけでなく、教官資格まで取得しているのである。

また、孤児院の運営を支援する他、世間に見捨てられがちな人々に手を差し伸べる活動を積極的に行っている。

探索者としての異名は『光芒一閃《こうぼういっせん》のモネ』。

人格者としての評判から『聖女モネ』とも呼ばれている。

友人の所有する不動産に住み着くばかりか、最近は十五歳の少女に身の回りの世話をされている教官とは、積み上げた徳が違う。

モネはディルに気づくと、悪戯《いたずら》っぽく笑った。

「おはようございます、センパイ？」

「はぁ……」

ディルは大きな溜息《ためいき》を溢《こぼ》した。

意識の高い人間が苦手なディルにとって、モネのような高潔な人物に懐《なつ》かれるのは困りごとだった。

授業中だけならまだしも、彼女が教官業務に携わっている間は逃げ場がない。

「ちょ、ちょっと！　そんな聞こえよがしに溜息をつかれると傷つくんですけど！」

「あー、おいお前ら、今日は『光芒一閃のモネ』教官も付き添ってくれる。訊《き》きたいことがあればじゃんじゃん訊くように」

その言葉を皮切りに、ミーハーな生徒たちがモネに殺到する。

「ちょっ……もうっ！　分かったから順番に！　それと周囲の人の迷惑にならないようにね！」

生徒を纏《まと》めるのはモネに任せ、ディルは一応は引率として先頭を歩き出す。

モネとディルを含め、今日は五人の教官がダンジョンに付き添う。

さすがに数十人をダンジョンでお守りするのに、一人の教官では足りないからだ。

「それにしても……ディルセンセーの探索装備、超ダサくない？」

モネに群がる生徒たちからは少し離れた位置、クスクス笑い出したのは、猫耳の少女だ。

ディルのことが気に食わないのか、よく小馬鹿にした態度をとる娘である。

「うんうん、フィールちゃんの言う通りだと思う。探索者は身軽にってのが基本なのに荷物多すぎだし」

即座に追従したのはネズミ耳の小柄な少年だ。

気弱で大人しそうな印象だが、猫耳少女といるとよく喋《しゃべ》る。

「探索才覚《ギフト》がサポート特化だから、沢山の袋にダンジョン由来のアイテム入れて戦闘に使うって噂《うわさ》だね。外れ能力なだけじゃなくて、稼ぎを削ってまで装備用にとっておかないといけないとか、可哀想になってくるわ」

追加で早口に語るのは、サハギンの少年だ。

魚を人型にしたような種族である。

この生徒の場合、鱗《うろこ》は青い。

「あはっ、それじゃあ教官になるのも無理ないかー。安定した稼ぎの方がありがたい、みたいな？」

「うんうん、きっとそうだと思う」

「リギルパーティーがダンジョンの地図を作り終えて不要になったけど、リーダーの温情で教官職を斡旋《あっせん》したって噂だね。コネ就職だよコネ就職」

——コネなのは当たってるが、噂の方は間違ってるな。

面倒なので訂正しないでいると、またしても二人の生徒が声を上げた。

「噂をもとに人を嘲るとは、程度が知れるな」

一人はメガネのミノタウロス男子である。

「先生にひどいこと言わないでください！　それに、先生の装備は格好いいです！」

　もう一人はもちろん、アレテーだ。

「はぁ？　うざ、勝手に話に入ってこないでくんない？」

「わざとらしく大きな声で話しておきながら、よく言えたものだな。何故《なぜ》教官の評判を貶《おとし》めようとする、そこからして理解に苦しむのだが」

「あんたガッコー通ったことないわけ？　センセーにあだ名つけたりからかったり、みんなやるでしょ」

「幼稚な行いだ」

「センセーの前でいい子ちゃんぶれて大人でちゅね～」

　メガネの生徒タミルのこめかみに青筋が立つ。

　アレテーは口論に交ざることも出来ず、あうあう言っていた。

　ディルは関わりたくなかったが、このままダンジョンに到着するまで舌戦を聞くのも憂鬱なので、口を挟むことにした。

「まぁまぁ、落ち着け二人とも。まずは、教習所の姫」

「はぁ⁉　もしかしてアタシのこと言ってます⁉」

　猫耳少女が叫ぶ。

「えぇっ⁉　フィールさん、お姫様なんですかっ⁉」

アレテーは純粋だった。

「……男性集団の中でチヤホヤされる女性メンバーを、周囲から丁重に扱われる者の比喩として『姫』と呼称することがあるのだ」

タミルの補足に、アレテーは「な、なるほど……！」と大きく頷《うなず》く。

悪気のない二人の会話で、フィールという猫耳少女が怒りに顔を赤くする。

「きもいあだ名つけないでもらえます？」

「お前、学校に通ったことないのか？　変なあだ名をつけられるやつなんて、珍しくないだろ」

「くっ……！」

悔しそうに呻《うめ》くフィール。

だがディルは生徒をやり込めたいわけではない。

「前にも言ったが、陰口は聞こえないところで言ってくれ。聞こえる距離で反応を求められても、正直困る。別に言うことないしな」

残念ながらディルに悪口は効かないのだった。

「反論とかないわけ？　高いお金払って外れ教官に当たるとか、こっちとしては最悪なんですけど」

「うんうん、僕もフィールちゃんに同感だな」

「ディル教官は特に、クレームが多いって噂ですし」

「俺も出来ることなら、生徒全員他の教官に押し付けたいんだけどな？　残念ながら第一階層の免許取得で教官は選べん」

アレテーが目を泳がせた。

――うん、お前はリギルと取り引きして俺の生徒になったもんな。

「第二階層からは一応担当希望は出せる。だからいつまでもウダウダ文句垂れてないで、集中しろ。それとも、受かる自信がないか？」

「はぁっ⁉　そんなわけないし！」

それからしばらく、フィールは不機嫌そうに黙っていた。

ディルとしては、静かになってなによりである。

「ディル教官。道すがら、お尋ねしたいことがあるのですがよろしいでしょうか」

気づけばミノタウロスのタミルが隣に並んでいた。

授業時間外ならば突っぱねて寝るところだが、ダンジョンに到着するまで他にやることもない。

ディルはせめてもの抵抗として大きな溜息を溢してから、頷いた。

「……着くまでな」

右隣にミノタウロスのタミル。

左隣には子うさぎのようなアレテー。

ディルは憂鬱な気分で歩く。

周囲の人々の迷惑にならぬよう、一同は広い道を選んで二〜三列を維持しながら目的地へ向かう。

列の整理は他の教官に丸投げし、ディルは先頭を歩いていた。

「それでは早速。探索才覚《ギフト》の種別については理解したのですが、等級制度について不明な点がありまして」

探索才覚《ギフト》は七種の属性と、一種の特異能力、合計八種に分類される。

風の暴食型、植物の怠惰型、炎の色欲型、雷の憤怒《ふんぬ》型、水の嫉妬型、土の強欲型、光の傲慢型、それ以外の深淵《しんえん》型という区分けだ。

属性と罪が紐《ひも》付けられているのは、特定の階層で能力の強化が確認されているからだ。

風属性は暴食領域で能力が上昇するので、暴食型と呼ばれるようになったのである。

同様に他の属性もそれぞれ対応する階層が存在するが、どの階層でも効果が変わらない能力は、まとめて深淵型に振り分けられた。

探索者志望に風属性が人気なのも頷ける話だ。

第一階層でモンスターを狩っていれば食うに困らないのだから、それに役立つ探索才覚《ギフト》を欲《ほっ》する気持ちも分かる。

「等級？　そんな分かりづらいか？」

「いえ、区分については既に理解しています」

「ふぅん」

アレテーを見るとうんうんと頷いている。

本当に分かっているのだろうか、ディルは訝《いぶか》しんだ。

「子うさぎ、お前ちょっと説明してみろ」

「えっ、あ、はい先生！　等級というのは……えと、『単独でのダンジョン探索における有用性』を国家が判断したもの、です！　十二段階に分けられていて、赤、青、黄、白にそれぞれ一級から三級が存在します！」

最も優秀なのが赤の一級、逆は白の三級となる。

「うむ、教本の文章を暗記したのが丸わかりな説明だったな」

「うっ……」

「別に悪くはないぞ。筆記対策ならそれで問題ない。ちなみに、正確には十三段階ある。

例外中の例外だがな。これは小さく書かれてるから見逃したんだな。試験で『等級は全十二段階である、マルかバツか』って問題が出たら、バツだから気をつけろよ」

「そ、そうでしたかっ。あとで読み直しておきます！」

「んで、メガネくんは何が気になってるんだ？」

「意義です」

「へぇ」

覚えなければならないから覚えておく、ではなく。

これはどういう理由で存在するのだろう、というところまで考えているわけか。

「国家が探索者の能力を把握したいのだとしても、等級という項目を定めて認識票に刻む必要性は薄いかと」

正式に探索者登録が済むと、認識票が配られる。

名前、性別、種族、所属、取得している最も深い階層の免許種別、探索才覚《ギフト》の種別、等級が記されたものだ。

二枚組で、探索者としての身分を示す他、ダンジョン内で死亡した場合の身元確認にも使われる。

「教本には『取得免許や能力種別に囚《とら》われない、純粋な探索能力を可視化する意図がある』と記されていますが、違和感があります」

　ふむ、とディルは頷く。

「お前の感覚は正しい」

「……と、言うと？」

「ぶっちゃけると、等級は無用な争いを避けるために定められたものだ」

「無用な争い、ですか」

「もうちょい後で説明してやるつもりだったんだが……。まぁいいか。まず大前提だが、大抵の探索者は何が目当てだ？　はいメガネくん」

「タミルです」

「ぶっぶー、不正解だ。誰がお前目当てにダンジョンに潜るか」

「今のは回答ではありません」

　ディルは無視した。

「じゃあ子うさぎ、お前が答えろ」

「人それぞれだと思います！」

　ディルは無視した。

「そう、ほぼほぼ金目当てだ」

ディルは断言する。

アレテーは「そ、そうなのでしょうか……」と微妙な表情だったが反論はしない。

「探索法なんてものを定めちゃいるが、ダンジョンは無法地帯と言っていい。大金が絡《から》むと、人は驚くほど大胆な行動に出るもんだ。たとえばだ、メガネくん。お前が目をつけてたアイテムをダンジョンで見つけたとする。持ち帰るか？」

「無論、可能であればそうするでしょう」

「でも、それを先に見つけたのがこの子うさぎだったら？」

「……探索法に照らし合わせれば、アイテムの所有権は最初の発見者にあります。この場合、自分は諦めるべきでしょう」

「あはは。みんながみんな、お前みたいに真面目なら問題は起こらないだろうな。で、訊《き》くがな、全ての探索者がそのルールを守ると本気で思うか？」

「…………稼ぎのために、探索法を破る者がいると？」

「それも、お前らが思ってるよりずっと多くな」

タミルが沈黙し、アレテーが顔を青くする。

ディルのたとえは、まだ平和なものだ。

探索帰りに疲弊した者を殺して、その日の成果を丸ごと奪う者もいる。

「そういった問題への対処は、国も色々考えた。衛兵に探索者免許とらせて巡回させるとか、罰則の強化とかな。でも効果は微妙だったな」

「自分たちも気をつけねばなりませんね。しかし、それと等級制度にどんな関係が？」

「実はな、一番効果的だったのがこれなんだよ。考えてみろ。さっきのたとえで言うとだ、お前はアイテムが欲しい。子うさぎから奪ってでも欲しい。どうする？」

「……自分が法を軽んじる悪人であるならば、強引に奪うのでしょうね」

「そうだ。で、子うさぎサイドだが、簡単には渡したくねぇよな？」

「ええと、でも、その、タミルさんの方にも事情があるかもしれないので、まずは話し合って――」

ディルは無視した。

「そうだ。ぶっ殺してでもアイテムを死守しようとするわけだ。ここで探索才覚《ギフト》を使った戦闘が起こる。最悪死人が出る。これが以前の話だ」

「……等級制度によって、それが避けられるようになった？　――っ、まさか」

タミルは気づいたようだ。

「そうだ。国家という第三者が評価した『個人の探索能力』が認識票には刻まれてる。これを見せ合えば、殺し合う前に互いの実力が分かるわけだ。勝ち負けが分からなきゃ必死にもなるが、戦ってどっちが死ぬか明白だったら諦めもつくだろ」

「な、なるほど……。法の遵守ではなく、あくまで探索者同士の無用な戦闘を回避するためのものなのですね」

「ちなみにこれを言うと、毎度何人かの生徒が『偽物《にせもの》作ればいいじゃん』とか悪いことを考えるが、そりゃ無理だ。作っても、ダンジョンには持ち込めない」

「そのあたりを、国が考えない筈《はず》もなし。当然でしょうね」

「ダンジョンに入る時に衛兵に免許チェックをされるが、ついでに幾つか確認されるんだよ。その内の一つが、認識票の贋物《がんぶつ》は所持していないかってやつだな。あっちは嘘《うそ》を見抜くダンジョンアイテムを持ってるから、誤魔化しは利《き》かん」

ダンジョン由来の収納空間に隠し持っていても、この質問は掻《か》い潜《くぐ》れない。

実力を誤魔化して他の探索者を騙《だま》すことは出来ないわけだ。

タミルは理解したようだが、アレテーは頭に疑問符でも浮かべているみたいにうんうん唸《うな》っている。

そもそも人からものを奪うという発想がないので、たとえ話からして理解の外なのかもしれない。

ダンジョンの外なら善人で済むが、探索者としては致命的な欠点になりかねない。

——向いてねぇよなぁ、やっぱ。
少なくとも精神面では適性がないように思えてならない。
それでも生徒だ。
最低限、探索者としてやっていけるように指導せねばならない。
ディルはますます憂鬱になりながら、ダンジョンへ近づいていくのだった。

◇

ダンジョンの入り口は、公式には一つ。
街の中心部にある、大穴がそれだ。
形状だけで言えば、地上から見たアリの巣に似ている。
地面に、ぽっこりと穴が空いているのだ。
ただし大きさは桁違い。
底が見えない黒い大穴が、世界に一つ空いている。
外周に沿って下へ向かう坂道があり、そこをある程度下るとダンジョンに繋《つな》がる。
当然、人の出入りは厳重に制限されている。
衛兵の詰めている通用口にて何人で・何層に潜るか、また予想される探索時間などを申告してから通過する。

こういう日は手続きに少し時間が掛かる。

人数が人数だし、生徒はまだ探索者志望でしかない。

今は一人ひとり本人確認されているところ。

アレテーは「アレテーと申しましゅ！」と噛《か》み噛みだった。

「セ、ン、パ、イ？」

先が思いやられるなぁと呆《あき》れていると、何者かに肩を指でつんつんされる。

「どうした、後輩」

ディルは平然と答える。

そこには怒り顔のモネがいた。

不機嫌そうな表情でも、彼女の美しさは損なわれることがない。

「さっきはよくも、生徒を押し付けてくれたわね」

他の生徒が聞いてないからか、敬語をやめるモネ。

あるいは怒っているからかもしれない。

「教官なら生徒の疑問には快く答えてやれよ」

「どの口が言うのよどの口が！」

「正論は悪人が言っても正論だ」

「説得力はゼロになるけどね！」

「酷《ひど》い話だよな」

「普通じゃないかしら⁉」

モネの怒りが頂点に達しそうなので、ディルは後輩いじりをやめることにした。

「それで？　何怒ってるんだよ。別に人の面倒見るの嫌いじゃないだろ」

ディルと違ってモネは面倒見がいいのである。

「うっ……それはそうだけど。だ、だって……」

「ん？」

彼女が頬を染めながら、俯《うつむ》きがちにもごもご言う。

「……一緒に仕事なんて滅多にないんだから……その……」

「なんだよ」

「～っ！　だ、だから！　アレよ！　可愛《かわい》い後輩をもっとちゃんと指導したらどうなの⁉　先達からの言葉とか、あるでしょ普通！」

「はぁ？　特にないが？」

「ありなさいよ！」

「んなこと言われてもなぁ」

ディルは少し考えてみる。

そして考えるのに飽きた。

わずか数秒のことである。

「……うむ。お前にはもう教えることはない」

「まだ何も教わってませんけど⁉」

「つーか探索者としてならまだしも、教官として何か教えるようなことがあると思うか？　俺だぞ？」

「態度はアレだけど、タメになる授業をしてくれるじゃない」

「そう思うやつは少数派だけどな……」

ディルは生き残る方法を教えている。

多くの生徒が知りたいのは、稼ぐ方法だ。

「……まぁ、自分の経験から教えるのがいいんじゃねぇの？」

「でも、思ったんだけど、生徒って教官の経験談を聞いてもピンとこないみたいな顔するじゃない？」

「実感は湧かないだろうな、特にまだ免許持ってないやつらはな」

「そうなのよ！　やっぱりあたしとしては生徒の目線に立って心に入ってくるような授業をしてあげたくて――」

「待て待て意識が高すぎる。俺にはついていけん」

そんな熱量はディルにはない。

「あなた、最近良《い》い方向に変わってきてるじゃない？　生徒への対応も改善されたら、みんなあなたの優秀さに気づくと思うのよ」

アレテーの所為《せい》で身なりが整ってきたことを言っているのか。

「微塵《みじん》も興味がない。引き続き反面教師としていただきたい」

「大丈夫よセンパイ。あたしと一緒に良い教官になりましょうね！」

輝く笑顔で憂鬱になるようなことを言う後輩だった。

「本当に勘弁してくれ……」

私生活でアレテーという面倒事を抱えている上、仕事で意識の高い後輩に付き纏《まと》われるなんて地獄だ。

ディルはだんだん生きるのが辛《つら》くなってきた。

――俺はただ、親友の金で好き勝手暮らしていたいだけなのに……。

何故《なぜ》そんなささやかな願いさえ叶《かな》わないのか。

世界とは残酷なものである。

なんて身勝手なことを考えている内に、確認作業が終了。

教官陣は再び生徒を率い、いよいよダンジョンへと足を踏み入れる。

「こ、これがだんじょん！」

緊張と不安でガチガチのアレテー。

「アレテー氏、まだここは入り口だと思われる」

冷静に見えるが、メガネをクイッとする手が微《かす》かに震えているタミル。

「いよいよってわけ。待ちくたびれたわよ！」

強がる猫耳娘フィール。

追従するネズミ耳とサハギン。

賑《にぎ》やかな生徒を引き連れて、赤茶色の坂道をゆっくりと下っていく。

そしてある瞬間、まるで水に沈むかのような感覚に包まれ——。

「えっ？」

気づけば全員、青空の下、輝く太陽に照らされた草原に立っていた。

困惑した様子の生徒たちに、ディルは言う。

「これがダンジョンだ。んじゃ早速、今日の授業について説明する」

ダンジョンは異空間だ。

入り口の大穴の下にある、実際の地下空間を探索しているわけではない。

どういうわけかあの大穴が、異なる世界とも言うべきこのダンジョンに繋がっているだけ。異空間ゆえに、地上とは異なる理《ことわり》で回っている。

「まず、お前らは既に探索才覚《ギフト》に目覚めてる。気持ち悪いだろうが、頭の中にどんな能力でどう使うかが入ってる筈《はず》だ。まるで四肢を動かすくらい、当たり前の感覚として体に馴《な》染《じ》んでるだろう」

ディルの説明で、生徒たちは初めて自覚したとばかりに動揺しだす。

指摘されないと気づけないくらいに、彼ら彼女らにとって探索才覚《ギフト》は当然のものとなっているのだ。

「それを申告しろ。全員の探索才覚《ギフト》を確認したら、試し打ちさせてやる」

生徒たちが急いでディルの許《もと》へ駆け寄ってくる。

我が物となった異能の力を使いたくてウズウズしているのだろう。

ミノタウロスのタミルは、植物を操る怠惰型。

猫の亜人のフィールは、水の嫉妬型。

ネズミ耳の少年は光の傲慢型で、サハギンは雷の憤怒《ふんぬ》型。

その後も生徒たちの能力を把握していき、最後はアレテーだった。

「わたしはその……お水を生み出して、動物さんの形で動かせる力、です」

探索才覚《ギフト》は属性だけでなく、その能力の詳細まで決まっている。

『水で動物を模したモンスターを生み出し、使役する』という能力に目覚めたのなら、それしか出来ない。

たとえばフィールは『圧縮した水の刃《やいば》を生み出す』という能力。

アレテーとフィールは同じ属性ではあるが、能力は別物。互いの能力を模倣することも出来ない。

「嫉妬型だな。動物に制限はありそうか？」

「いえ、わたしの想像力次第、だと思います」

「数は？　一体か？」

「えっと、わたしが何をするか伝えないといけないので、沢山は難しいかもしれません」

「明確な制限はないってことか？」

「分かりません……」

「有効範囲は？　離れすぎると能力が解除されるだろ」

「？　……ご、ごめんなさい、分かりません」

困惑した様子の彼女に、ディルの目が険しくなる。

「分からない？　それは本当か？」

「はい……」

アレテーは元気なげだ。

——深淵《しんえん》目指してるから、深淵型が欲しかったとかそんな感じか？

「……本当に分からないなら、お前の能力には数の制限も距離的な制限もないのかもな。だとしたら……かなりの当たり能力だぞ」

「そ、そうなのでしょうか……」

「お前、俺が生徒を励ますために適当なことを言うやつに見えるか？」

「先生はお優しいですから……」

「お前に人を見る目がないことを忘れてたよ」

ともかく、アレテーの能力は破格と言えた。

出現させる動物は自分次第。数も自分次第。距離制限なく操れる。

冒険譚《たん》で言うところの、テイマー職に似ている。

アレテーの場合は彼女次第でどんな動物でも好きに生み出し操れる——しかも水で出来ているので死なない——というのだから、優れた万能能力と言えるだろう。

自分の身を守らせることも、敵を攻撃することも、偵察させることも出来る。

自分では届かない場所にあるものをとってこさせることも、自分を運ばせることも出来るだろう。

能力の可能性は無限大だ。

問題があるとすれば――。

「わ、わたしに上手《うま》く出来るでしょうか……」

――この性格だな……。

「何回も言ってるが、無理そうなら――」

「不安になる気持ちは分かるわ！　けど大丈夫よ！　そのための教官だもの！」

モネが割り込んできた。

「も、モネ教官……」

「あなた、名前は？」

「あ、アレテーです！　親しい人はレティと呼びます」

「ではレティ」

ぱぁ、とアレテーの表情が明るくなる。

「はいっ、モネ教官！」

「あなたの能力は間違いなく素晴らしいものよ。それがちゃんと使えるように、あたしたちが指導するから安心してね」

「あ、ありがとうございます！　頑張ります！」

モネがふふんっと胸を張り、アレテーがこちらをちらっちらっと見てくる。

励ましてほしいのだろうか。

ディルは他の生徒に向き直った。

視界の端でアレテーがしょぼん……と落ち込んでいる姿が見えた気がするが、構っていられない。

「まずは基本だ。教習所の姫くん、ダンジョンで『上』へ行くにはどうする」

「まずはその呼び方やめてもらえます？」

「他に用意してるのは腹黒ネコ、ネコミミ――」

「ちっ、もういいです。上の階層へ行くには『蜘蛛《くも》の垂れ糸』に触れる必要があります」

「そうだ。あれが実物だな、よく覚えとくように」

ディルが指差した先には、白く輝く一本の糸が、空から垂らされている。

上を見るとどこまでも延びているように感じられるが、実際にどこからかぶら下がっているわけではなさそうだ。

「ちなみに、筆記のマルバツ問題で『「蜘蛛の垂れ糸」に触れることで上の階層に転移することが出来る』とある場合、答えはバツだから注意しろ」

「えっ、どうしてでしょう?」

アレテーが混乱している。

「今見たように第一階層にも『蜘蛛の垂れ糸』は存在し、それに触れることで転移できるのは『上の階層』ではなく『地上』だからだと思われる」

タミルが説明した。

「えと、えと……?　でも、上の階層に行けるという説明は合っているような?」

アレテーの疑問はもっともだが、ディルは適当にあしらう。

「知らん。問題考えたやつが性格悪いんだろ。とにかく筆記には引っ掛け問題もあるから気をつけろ」

「『蜘蛛の垂れ糸』は触れた瞬間に上の階層に飛ばしてくれるわ。モンスターは使用できないから、危険を感じたら駆け込みましょう」

モネの説明に、生徒たちが「はーい」と応じる。

「下の階層に行く『黒い丸穴』もそうだが、各階層に幾つもある。教習所が免許取得者にやれるのは、第一階層の約三割が記された地図だけだ。あとは自分たちでなんとかしろ」

ダンジョン内の情報は高値で取り引きされる。

互いにライバルなので、使える情報はタダでは渡さないというわけだ。

教習所が生徒に与えるのは、比較的安全に探索が可能とされる部分の地図だけ。

そこから先は、責任を負うことが出来ない。

自力で探索するか情報を買うかして進んでもらうしかない。

「今日のところは、ここから少し歩いたところにあるエリアで能力を使わせてやる。俺たちの監督下でモンスターを倒してもらうから、覚悟するように」

ここである程度、精神的な適性を判断するのだ。

モンスターといえど、生きた敵。

みんながみんな、それを殺せるわけではない。

探索者志望は二種類に分けられる。

上手くモンスターを倒せる者と、そうでない者だ。

今日のお相手は、額に一本角を生やした巨体のイノシシ型モンスターだ。

教官の一人が四肢を凍らせて身動きを封じているので、生徒はただ能力を当てるだけでいい。

今ディルたちがいる一角は、複数の教習所のために頑丈な柵で囲われたエリアだ。

その都度教官陣が必要なモンスターを捕らえて、中に入れる。

それ以外の方法でモンスターが入ってくることはほとんどないので、ダンジョン内でも比較的安全と言える。

今、ミノタウロスのタミルが地面から出現させた無数の蔦《つた》でモンスターを包み込み、縛り上げて絶命させたところだった。

タミルはどうやら、モンスターを倒せる者らしい。

「おぉ！　彼はいいですね！　肉を傷つけず第一階層のモンスターを倒せるとは」

「能力の精度を上げれば、素早く首を折って効率よく狩りが出来るようになるかもしれませんね。工夫すれば荷物運びにも使えそう」

「懸念《けねん》があるとすれば、発動までの時間や本人の反応速度でしょうか。動いてる敵を自力で捕まえられるようになれば、第一階層ではかなり有用な能力となるでしょうな」

ディルとモネを除く三人の教官が、そんな話をしている。

それぞれ、年若い熱血オーガ、人妻アルラウネ、老ドラゴニュートである。

氷結能力はオーガ教官のものだ。

「ねぇ、センパイ？」

「どうでもいいが、お前その呼び方気に入ったのか？」

授業中はセンセイ、普段はディル、職務中はセンパイと忙しいやつだ。

「なんで、センパイだけ他の教官に距離を置かれているの？」

「お前がいるじゃないか」

ディルは軽口のつもりで言ったのだが、モネは顔を赤くした。

「あ、あたしは別として。なんだか心理的な距離を感じるのよね。何かあった？」

「いや、俺が嫌われてるだけだろ」

不真面目な勤務態度に加え、所長から給料の前借りをしまくっているのだ。

印象が良《い》いわけがない。

「心当たりはある？」

「ふむ。そうだな、聞いてくれるか？　あいつらったら酷《ひど》いんだよ」

モネが気遣うような顔になった。

「不当な扱いでもされた？　あたしでよければ力になるわよ」

「あいつらな、寄ってたかって俺に……真面目に働けって言うんだ」

モネが真顔になった。

「センパイ」

「なんだ後輩」

「真面目に働いてください」

「お前までそんなことを言うのか」

「もう、心配して損したじゃない」

「心配せんでも、職場環境はそこまで悪くねぇよ。説教も小言もノーダメージだからな」

「周囲のストレスが心配になってきたわ……」

と、二人でくだらない話をしている間にアレテーの番がやってきた。

「ではアレテーさん、どうぞ」

「びゃい！　あ、アレテーでしゅ！」

ガッチガチに緊張している。

「ダメだありゃ」

「ちょっとセンパイ。あなたが何も言わないなら、あたしが行くけど？」

「是非そうしたいところだが……」

一応は自分の生徒だ。

「おい子うさぎ」

「はいっ、先生！」

——返事だけはいいんだよなぁ。

しかし顔はまだ青い。

「これは実戦じゃない。だから何度失敗してもいいんだ。笑われるようなミスをしてもいい。どうせ死にゃしないんだから。むしろ全力で失敗しろ」

「失敗しても……いい？」

「そうだ。失敗して、その理由を理解して、本番でミスしないように訓練する。アドベンチャースクールではそれが出来る。分かったか？」

ディルはアレテーを正面から見つめた。

アレテーは何度か深呼吸すると、大きく頷《うなず》いた。

「は、はい。分かりました、先生っ。わたし、頑張ります！」

「おう」

アレテーの瞳が輝く。

「頑張って失敗します！」

「ん？」

アレテーはモンスターの方へ向かって行った。

「……良いこと言いますね、センパイ」

モネが僅かに尊敬を滲《にじ》ませて言う。

「リギルの受け売りだ」

「……ま、まぁ良い言葉には変わりないし」

フォローなのか、モネはそんなことを言う。

「能力は当たりなんだ。よほどのことがなければ大丈夫だろう」

「でも、センパイは能力に関係なく生徒を不合格にするわよね」

「すぐ死ぬと分かってて合格にしたら、寝覚めが悪いだろ」

「あの子は大丈夫だと思う？　……随分と懐《なつ》かれているようだけど」

なんとなく、言葉に棘《とげ》を感じる。

「お前と同じで、俺が深淵《しんえん》に行ったと信じてるらしい」

「……行ったんでしょ？」

「どうでもいいことだ」

「またそうやって誤魔化す……」

不満そうにぷくりと片頬を膨らませるモネ。

ディルはそれを指でつついて空気を抜く。

二人がそんなやりとりをしている間に、アレテーは覚悟を決めていた。

「で、ではっ。いきますっ！　え、えいっ！」

空中に水球が生み出される。それは地面に落ち、スライムのように形を変え、そして
——子うさぎになった。

「…………」

誰もが沈黙した。

「う、うさぎさん。あの、イノシシさんを倒したりとか……」

子うさぎはぴょん、ぴょんっとイノシシに近づいていき。

バクッと頭から食われてしまう。

「あっ、そんなぁ……」

能力が解け、イノシシに食われた子うさぎはただの水となって口からこぼれ出る。

「し、失敗は誰にでもある！　次はもう少し、強い動物を生み出すのはどうかな！」

「えぇと……召喚したものを使役する能力の場合、命令は明確にした方が失敗は少ないわね。『倒せ』よりも『首に噛《か》み付いて絶命させろ』とか具体的にしていくの」

「折角良い能力に恵まれたのだ。状況に応じて最適な動物をイメージし、的確な命令を下さねばね。君は今回、うさぎでどうやってモンスターを倒そうとしたのだろう？」

教官陣がなんとかアドバイスを捻《ひね》り出す。

どれも意見としては正しいが、問題の根本はそこではない。

「……優しすぎるわね」

モネがぼそりと呟《つぶや》いた。

アレテーの問題点は、そこに尽きる。

天然で純粋で世間知らずなところはあるが、アレテーは馬鹿ではない。

他の生徒たちの探索才覚《ギフト》発動も見ているのだ。

どうすればいいかくらい、分かった筈《はず》。

探索才覚《ギフト》は発動せねばならない。そういう授業だ。

だがモンスターといえども、殺すのは気が咎《とが》める。

そういう心の葛藤の中で、ディルにつけられたあだ名からの連想か、子うさぎを出現させてしまったのだろう。

「ぶふっ、あはは！　今の見たぁ？　モンスター相手にうさぎって！　なーに考えてるのかなアレテーちゃんはさぁ」

猫耳のフィールである。

能力のレア度で劣っていると分かった時は不機嫌そうな顔をしていたが、アレテーが失敗した途端ここぞとばかりに上機嫌で馬鹿にし始める。

「うんうん、同じ属性でも、使い手としてはフィールちゃんの方が上だね」

「希少な探索才覚《ギフト》に目覚めても等級が低い人もいるって噂《うわさ》だけど、彼女のようなタイプがそれに該当するんだろうな」

取り巻き二人もいつも通りだ。

恥じ入るようにプルプル震えるアレテー。

ディルは一つ頷き、口を開いた。

「うん、問題が悪かったたな」

場がシーンとした。

「というと？」

最初に反応したのは老ドラゴニュートの教官だ。

「そのまんまの意味だが？」

ディルが言うと、老人はぴくりと瞼《まぶた》を震わせた。

「センパイ。レティもいることだし、一から説明していただけるかしら」

……生徒に分かるように説明するのも教官の務めとか、そんなことが言いたいのだろう。

「この授業の目的は本来、『探索才覚《ギフト》の発動確認』だ。俺もさっきまで勘違いしてたんだが、よく考えりゃモンスターを殺す殺さないは特に関係ない」

「関係ないってことはないいんじゃない？　ダンジョン内では戦闘を完璧に避けるのはほぼ

不可能だわ。だからこそ、いざという時に敵を攻撃できるかどうかは重要な要素よ」

　人妻アルラウネの反論に、ディルはピンと指を立てる。

「そこだよ。そこが間違いだった。正確には、いざという時に敵を無力化できるかどうかが重要なんじゃないか？」

「同じことじゃないんですか？」

　熱血オーガが難しい顔をして首を傾《かし》げている。

「全然違うね。おい子うさぎ」

「は、はいっ！」

「もう一回チャンスをやる。次は倒せとは言わん。戦いたくないなら、敵をなんとかしろ。お前は、探索を進めたいんだろ」

　アレテーがハッとした顔をする。

　そしてしばらく考え込んだかと思うと、ぐっと両拳を胸の前で握りしめた。

「わたし、頑張ります！」

　他の教官たちも結果が気になるのか、特に止めはしなかった。

「あのー……イノシシさんを捕まえている氷を、溶かしてもらえないでしょうか？」

「えっ？　大丈夫かい？　走り出すとかなりの速度になるけど」

「ご心配、ありがとうございます。えと、きっと大丈夫だと思います」

躊躇《ためら》いがちに、熱血教官が能力を解く。

瞬間、モンスターは息を荒らげながらアレテーに突進。

アレテーは探索才覚《ギフト》を発動。

先程よりも出現した水球は大きい。

そしてそれは——巨大なクマの姿をとった。

モンスターはそのまま突進を続け、クマの腹に角を突き入れたまではよかったが、通り抜けることは出来なかった。

クマの体内で身動きもとれず、溺れ始めるイノシシ。

「おぉ！　確かに攻撃せずに無力化していますね！　ディル教官はこれを言っていたのですか！」

オーガの教官が何か言っているが、ディルはアレテーから視線を離さない。

「クマさん、出してあげてください」

自分の腹に手を突っ込み、体内のイノシシを外に出してやるクマ。

クマが威嚇するように腕を振り上げると、モンスターは——逃走した。

アレテーが輝く表情でディルを見た。

普段なら無視しているところだが、今回くらいはいいだろう。

「よくやった」

すると、彼女の表情がもう一段輝いた。

「……自分を襲わなくなれば、脅威にはならない。殺意を持って攻撃できるかどうかは、探索を進める上で必須の資質ではない。君はそう言いたいのだね？」

老ドラゴニュートが言う。

「あいつらがとるのは、あくまで探索免許だからな。モンスターを倒して稼ぎを得るのが目的みたいになってると忘れちまうが、戦闘適性は必須じゃない」

「……ふむ」

「あのー、それはいいんですけど。モンスターは？」

人妻アルラウネの発言で、全員が熱血オーガを見た。

「えっ、オレっ⁉」

「そのまま逃したら他の生徒が危ないでしょう⁉　柵の外には出られないんですから！」

モネが叫ぶ。

柵は外から内を守る役割もあるが、モンスター単体では内から外に出るのも難しい。

アレテーに敵《かな》わないと判断して逃走したイノシシだが、他の生徒はそうとは限らない。

生存本能こそあれ、暴食領域のモンスターはみな凶暴なのだ。

「そう熱血くんを責めるなよ。俺ら全員の責任だ。みんな子うさぎの活躍に気を取られてたんだからな」

「それは……そうね。言い過ぎました」

ディルはさりげなく、自分だけはモンスターが逃走することを知っていたことを隠蔽した。

——丁度いいタイミングだ、ここらへんで抜き打ちテストといくか。

老ドラゴニュートと人妻アルラウネは、既に散らばった生徒を呼び戻している。

「ね、ねぇ。こっち来てない？」

猫耳少女フィールが呟くのが、ディルには聞こえた。

「うん……来てるね」

「噂では、年に十数人は油断して一角イノシシの角に腹を突き破られて死ぬらしいよ……」

三人組がサァッと顔を青くする。

「ちょっと誰か！　なんとかしなさいよ！」

フィールが叫んだ。

モネとオーガが助けに入ろうとするが、パニックになって逃げ惑う他の生徒たちにルートを塞がれて三人組に近づけない。

フィールは腰が抜けてしまったらしく、その場から動けない。

アルラウネとドラゴニュートの教官二名は他の生徒を呼び集めていたので、距離がある。

「熱血くん、そこからでも氷結すればいいだろ」

「ぐっ……オレの探索才覚《ギフト》は射程距離が短いんです！」

「あはは、知ってる」

「こんな時になんですか!!」

状況確認である。

「ネズミ少年とサカナ少年、こういう時に姫を守ってこそ騎士ではないかね」

「い、い、言われなくても！」

ネズミ耳の少年が自分の背後に光の剣を出現させた。

それは少年が腕を振るうのに合わせ、射出される。

「見ろ二人とも。お前らと違ってネズミ少年は射程距離が長いようだぞ」

モネと熱血教官に言う。

「少し黙っていただけます!?」

ディルはモネに怒られてしまった。

光の剣はそもそも狙いが間違っていたのだろう、イノシシにかすりもしない。

そして――。

「う、うぉおおお！」

サハギンは雷の槍《やり》を生み出し、自分の手で握った。

「やっぱ無理……！」

フィールを置いて逃げ出した。

「はぁっ⁉　あんた何してんのよ！　あぁもう！」

ようやく覚悟を決めたのか、フィールが圧縮された水の刃《やいば》を放つが、こちらも狙いがそれて当たらない。

「なんでよ⁉」

――このあたりでいいか。

ディルは腰に納めたショートソードの柄《つか》に手をかける。

――探索才覚《ギフト》発動。

――経路表示《ルート》。

視界に、自分がなぞるべき道が示される。

朧《おぼろ》げな幻像。

あとは、その通りに動くだけ。

一秒も、経《た》っていない。

ディルは全ての行動を終え、行動前に立っていた場所まで戻っていた。

イノシシの首がごとりと落ち、疾走の勢いを殺しきれず血を撒《ま》き散らしながら体が転がる。

「え？」

それをいくらか浴びながら、フィールは呆然《ぼうぜん》としていた。

「さすがは『光芒一閃《こうぼういっせん》のモネ』！　目にも留まらぬ救出劇だったな！」

ディルは大げさに叫んだ。

「はぁ？　今のはあたしじゃ――」

「教官としては新米でありながら、生徒の危機にいち早く駆けつけるとはさすが『聖女』とまで言われることはある。実に素晴らしい！」

モネが半目になってディルを睨《にら》んだ。

『そういうことにしておけってことね？』と視線で確認してから、彼女は溜息《ためいき》を溢《こぼ》す。

「みんな、もう大丈夫よ。ごめんなさい、あたしたちの不手際《ふてぎわ》だわ」

続々と生徒たちからモネへの称賛の声が上がる。

一部、危険に晒《さら》されたことへの不満の声も出たが、そう大きくはない。

ダンジョン探索では、モンスターがいつどこから自分に襲いかかってくるか分からないのだ。

それが常。

そんな中で、冷静に対処せねばならない。

探索才覚《ギフト》を得て調子づいていた彼ら彼女らは、先程の騒動で自覚することになった。

まだ自分たちには、その心構えが出来ていないのだと。

ディルは数少ない、慌てていなかった者へ声を掛けた。

「おい子うさぎ、何落ち込んでる」

「あっ、ディル先生……あの、ごめんなさい。わたしの所為《せい》で」

「言ったろ、教官陣の責任だ。で、さっき何考えてた」

「さっき、ですか……？」

「お前、あの三人を助けようとしてたろ」

そう。

クラスで一番探索者に向いてないとバカにされているアレテーだけが、あの状況に適応しようとしていた。

ディルには、モンスターの逃走を敢《あ》えて見過ごし、生徒たちの対応を見る目的があった。

アドベンチャースクールが用意する訓練で危機感を覚えさせるのは難しい。

生徒の安全を確保した上で、予行練習をさせるのが目的だからだ。

しかし本当に探索の訓練をさせたいのなら、いつ何が起こるか分からない状況を体験させるのが一番だ。

そこでの対応こそ、探索者にとって最も重要な能力だからだ。

「クマさんは間に合わないと思ったんです。最初はわたしの近くで作り出さないといけないから……」

「それで？」

「そのあと、迷ってしまったんです。速い動物さんで追いついたとしても、どうやってイノシシさんを止めよう。それとも、三人を運べる動物さんを考えた方がいいのかな、とか」

生成にかかる時間と、最初は自分の近くに出現させねばならないという制約、そして対象までの距離を考慮に入れた上で、悩んだわけだ。

「結局、わたし、何も出来なくて……！」

アレテーは悔しそうに手をぎゅっと握りしめた。

「……なんで助けようと思った。別に親しくもないだろ」

「同じクラスの仲間ではないですか……！」

「――そう、か」

彼女にとっては、それだけで助ける理由になるらしい。

「アレテー」

「はい……。…………えっ!? 先生、今、えっ」

名前を呼ばれて驚くアレテーを無視して、ディルは続ける。

「お前は、探索者には向いていない」

「……うぅ」

「だが、もしかすると、良《い》い探索者になるかもしれん」

「えっ？」

ぽかんとするアレテーを置いて、ディルはモネを称賛する生徒たちに交ざる。

「さすが聖女！　天才！　髪キレイ！　超美人！　えぇと、肌ツヤツヤ！」

「褒め方が雑！　ほぼほぼ能力関係ないし！」

能力の真価を隠しておきたいディルの意思を汲《く》んでくれたのだ、ディルなりの感謝の気持ちだったのだが……。

怒鳴りつつ、満更でもない様子のモネだったが、ディルはそれに気づかなかった。

第三章

劣等生の子うさぎが最終試験に挑むまで

A teacher by negative example
in the training school
for dungeon of mortal sin.

最近、アレテーの様子がおかしい。

やたらと元気なのは以前からだが、それに拍車が掛かっている。

加えて、なんでもかんでもディルの世話を焼くようになっていた。

隅に埃《ほこり》が溜《た》まり、天井の一角には蜘蛛《くも》の巣が張り、ゴミ箱には酒瓶が突っ込まれ、布団《ふとん》は長期間干していない臭いがする。

そんなディルの家が、まるで新築のようにピカピカになっていた。

それだけではない。朝夕の食事はもちろん、昼は弁当を作るようになった。

最初は断ったが、この世の終わりのような顔で「では、もったいないので自分で二人分、食べますね……えへへ……」と言われたので、ディルは渋々弁当を受け取った。

以来、手作り弁当を昼に食べる日々が続いている。

炊事・洗濯・掃除全てがアレテーに掌握されてしまった。

もっと言うと、買い物もだ。

何度も買いに行く内に市場の店主連中と親しくなったアレテーは、日々新鮮で良い品を手に入れてくる。

自分の家のテーブルの上に、果物の盛られたカゴが置かれる日がくるとはディルは思いもしなかった。

あと、食卓には彼女用の椅子も増えていた。

ディルが「その内クローゼットの一角を占拠しそうだな」と皮肉を言ったら「隣の部屋に住んでいるので、着替えの時は戻りますよ？」ときょとんとした顔で返事された。

天然には皮肉が効かない。

――一番変なのは、あれだ。

前までは子うさぎと呼んでも、たまに訂正するだけで普通に応じていたが、最近はしょぼん……という顔をするようになった。

まるでこちらが意地悪しているみたいな気分になる。

「ディル先生、お昼は何をされますか？」

その日は休日。

食後、洗い物をしながらアレテーが尋ねてくる。

「あ？　あー、寝る」

「お疲れですか？　そういえば、一階の雑貨屋さんに安眠効果のある香り袋《サフェ》というものが売っていました。袋の刺繍《ししゅう》もとっても可愛《かわい》くて！　で、でもお値段がすごかったです……」

「あぁ、怠惰領域由来のアイテムを使ったやつだな」

「店長さんもそう仰《おっしゃ》ってました。あ、店長さんといえば、先生が最近お店に来てくれないと寂しがっていましたよ？」

ディルの脳裏に、店主の顔が浮かぶ。

赤い長髪で、側頭部から一対の角が生えた、妖艶《ようえん》な美女だ。

「ほっとけ」

「少し、泣いていました」

「嘘《うそ》泣きだ」

「先生のこと、ディルちゃんと呼んでいて……その、それで思い出したのですが」

「なんだよ」

アレテーは顔を赤くした。

「以前、その、自分をディルちゃんと呼んでいいのは、妖艶なお姉さまだけだと……」

「そんなこと言ったか？」

「言っていましたよう……。わたしは十年早いと怒られました」

その時のことを思い出して落ち込んでいるのか、アレテーが遠い目になる。

「そりゃ酷《ひど》いことを言ったな。まるで十年後にはお前に色気が出るみたいじゃないか。期待を持たせて済まなかった」

ディルは反省した。

「ひ、ひどいですっ⁉」

アレテーが涙目になる。

「話を戻すが、さっきのアイテムな。睡眠効率は上がるが、あんまりオススメはしない」

「うぅ……。それは、どうしてでしょう」

「副作用で、幸せな夢を見るからだ」

アレテーが首を傾《かし》げた。

「幸せな夢は、だめなのですか？」

「完全な妄想ならアリだな。エロいねーちゃんたちとのハーレムプレイとか」

アレテーが顔を真っ赤にした。

「そ、そういうのは、よくないと思いますっ！」

「問題は、過ぎ去った幸せを夢に見る場合だ」

「――――」

ディルの脳裏に、妹の姿が浮かぶ。

それを誤魔化すように、説明を続ける。

「探索者なんてのは人死にを経験してばっかだからな。昔の仲間が生きてる時の夢を見て楽しくなっても、起きたら憂鬱になるだろ」

睡眠の質だけは、しっかり上がっている。

起きた後の気分が、夢によっては最悪になるだけ。

「そう、かもしれません……」

「へぇ。お前は、夢でも逢《あ》えるなら幸せってタイプかと思ったが」

「現実で逢いたいです」

切実で、なんとか紡《つむ》いだような声なのに、悲鳴のようにも聞こえた。

「……あんま期待しない方がいいぞ」

「ディル先生は、深淵《しんえん》はないとは言いませんでした。あるなら、わたしは頑張ります」

「じゃあ、深淵はない。全部ウソだ」

「信じません」

「ちっ……追い出せるかと思ったのによ」

「ふふふ」

洗い物を終えたアレテーが、手を拭きながらくすくすと笑う。

「何笑ってんだ」

「最近、わたし分かってきました」

「あぁ？」

「先生の意地悪は、心配からきているのですよね」

「お前は何を言ってるんだ」

「わたし、どうしても深淵に行きたいです。でも、無理はしません。先生の教えを、ちゃんと聞きますから」

「まず人の話を聞け。気味の悪い勘違いをするな」

「ふふふ」

――なんなんだこいつ、無敵か？

ディルは人に嫌われるのが得意な筈《はず》だが、こうも相性の悪い相手がいるとは……。

その時、ディル宅の玄関からノックの音がした。

「お客さまでしょうか？」

「出るな」

「えっ」

「誰にしろ逢いたくない。つーかお前もさっさと部屋に戻れ」

「ちょっとディル!?　どうせいるんでしょ分かってるんだからね！」

扉を叩《たた》く音が大きくなる。

「あ、あのー、先生？　モネ教官の声がしますが」

「約束はしてない。勝手に来るなんて非常識なやつだよな。居留守を使おう」

ディルの心でも読んだかのように、モネは続けて叫んだ。

「さっき窓ガラス越しに動く人影見たのよ。起きてるのも分かってるから！」

「ちっ、抜け目のないやつだ」

「折角訪ねてくださったのに、可哀想《かわいそう》です。ご友人なんですよね？」

「友達じゃない。生徒兼後輩だ」

ディルは深い溜息《ためいき》をつく。

「子うさぎ、お前どっか行ってろ」

「えと……」

「お前がうちにいる理由を知ってるのはリギルだけだ。他のやつが見たら生徒連れ込んでるクズだろうが。モネはそういうところ潔癖なんだよ」

休日に人と逢うだけでも気が重いのに、モネの怒りに触れるなど悪夢だ。

男女が休日に部屋に二人きり……という状況がどうとられるか理解したのか、アレテーはあうあう言いながら顔を真っ赤にした。

ディルが追い払うようにしっしっと手を振るうと、ようやく動き出す。

そろそろ壊れそうなドアが心配になり、ディルは扉を開けた。

「よう、どうしたモネ」

今日も美しい金髪ツインテールのハーフエルフは、不機嫌そうにこちらを見上げた。

「一回居留守使おうとしたでしょ」

「まぁな」

「わ、悪びれもしない……っ」

ぷるぷる体を震わせていたモネだが、すぐに溜息を溢《こぼ》した。

「いいわ。あなたの人嫌いなんて分かっていたことだし」

「お優しいことで」

「それで……よければ、一度中に入れてくれる？　レディを玄関に立たせておくのが趣味でなければ、だけど」

「実はレディを玄関に立たせておくのが趣味なんだ」

「別の趣味探した方がいいわよ」

「俺もそう思うよ」

ぐいっ、と体を割り込ませるようにして、モネはディルの部屋に入ってくる。

ディルは追い返すのを諦めた。

「あら、変わったのは本当なのね。部屋、すごく綺麗《きれい》じゃない」

「そうか？　前と大差ないだろ」

「どういう謙遜……？　廃屋と新居くらい変わってるでしょ」

「あんまキョロキョロ見るなよ。それで、何の用だ？」

「その……頼み事があって」

「嫌だが？」

「………………」

じぃ、と見つめられる。

十秒くらい経《た》ったか。

ディルは諦めた。

「まぁ、お前には借りがあるしな。一応、話くらいは聞いてやろう」

ディルの言う借りとは、探索才覚《ギフト》発動を隠すため、先のモンスター討伐をモネの功績にした件だ。

「あぁ、あれ。本来、人の功績をかすめ取るような行いは大嫌いなのに……。でもあなたが望んだから、あたしがやったということにしたのよ？　微妙に射程外だったから、他の教官がたは気づいてるかもしれないけど」

「探索才覚《ギフト》の詳細を明かさないなんてみんなやってるだろ。お前の射程が申告よりも長かったと思ってくれるさ」

実力を広く知られるというのは、良いことばかりではない。

対策を講じる余地が出来てしまう、ということでもあるからだ。

探索者同士は競合相手であることや、ダンジョン内の無法地帯ぶりを考えると、実力の全てが知られるのは好ましくない。

いざという時に敵の裏をかける手段は多いに越したことはないのだ。

特に、探索才覚《ギフト》が非戦闘系のディルのような者にとっては。

モネもそれを理解して、ディルの意思を尊重してくれたのだろう。

「程度があるでしょ。あなた、能力を隠しすぎて雑魚《ざこ》だと思われてるのよ?」

「それでいいんだよ」

「むぅ」

モネは不満そうな顔をしていたが、ふと、食卓に視線を移す。

「椅子、増えたわね。前は自分一人だから一つで充分とか言ってたのに」

「……部屋を綺麗にするついでに、客用も買っただけだ」

モネがキッチンに移動する。

「食器も増えてるわ」

「そういうこともあるだろ」

「ねぇ、ディルまさかあなた……」

モネが深刻そうな顔になる。

「か、かのっ、彼女……とか、出来たわけ？」

「恋人が出来て変わる的なやつが、俺に当てはまると思うか？」

「そ、そうよね！　もし出来たらあたしが気づく筈だし！」

深く安堵《あんど》したように胸を押さえたあと、大げさに騒ぐモネ。

「そ、それでね、ディル。あなたの言葉を信じた上で、答えてほしいことがあるのよ」

「なんだよ」

モネがニッコリと微笑《ほほえ》んだ。

「寝室に隠れてる子、誰？」

――気づいてたかー……。

ディルは逃げ出したくなった。

「ひゃうっ……!?」

扉に耳でもくっつけていたのか、驚いたアレテーが寝室の扉から転がり出てくる。

「……あなた、レティ？」

「こ、こんにちはです、モネ教官」

「ディル。説明してくれるわよね？」

「俺は被害者なんだ」

「そ、そんなぁ……！」

ディルがキリッとした顔で言い、アレテーが困りきったような声を出す。

その後、かくかくしかじかという具合に説明を済ませると……。

「はぁ？　リギル所長の指示で？」

「お前の気持ち分かるぞ。あいつほんと何考えてんだろうな」

「……あたし的には、あなたが引き受けたことの方が驚きだけど」

「断ったら、来月から家賃を払えとか言うんだ。酷《ひど》いと思わないか？」

「むしろ今まで払ってなかったわけ？」

「そこは気にするな」

アレテーはというと、何故《なぜ》かモネに抱きしめられている。

故郷を出て深淵を目指すべくこの街に来たが、受講料を除けば無一文という状況でリギルに助け舟を出してもらった……という話を聞いたモネが涙を流し同情したからだ。

「大丈夫？　変なことされてない？」

「だ、大丈夫ですっ。先生のこと、信じていますので」

「あなた一人くらい、あたしのとこで面倒見てあげるわ。無理しなくていいのよ」

「い、いえっ。先生のお近くにいることで学べることもあると思うのでっ！」

「真面目で良い子ね……！　でも、普段のディルから学べることなんてあるかしら？」

「お前失礼だな」

「はいっ。ディル先生は日々の生活を通して、様々なことを教えてくださいます」

──あ、まずい。

「……ふぅん？　たとえば？」

「お料理はわたしの担当なのですが、先生からのリクエストがあった際は市場を回って指定の食材を買って帰るんです。先生はそのあと、わたしが買ったものを見て良い品の見分け方を教えてくださいます」

「パシらせた上に文句つけてるだけじゃないのそれ」

「ちがいます！　探索者は体が資本。普段口にするものが己の肉体を形作る糧《かて》となるのです。また同じ食事ばかりでは飽きが来ます。先生はわたしが知らない料理を教えてくださると共に、いずれ独り立ちした際に、わたしが何をどこで買えばいいか迷うことがないようにとのお考えなんですっ！」

「と、言いくるめられたのね」

正解である。

「ちがいますっ。それに、先生は探索者にとって重要な人脈？　についても紹介してくださいました」

「へぇ、確かに重要よね。装備整えたり、情報買ったり、アイテム売ったりする相手というのは、探索者人生を掛けて培《つちか》っていくものだわ。このあたりを疎《おろそ》かにしている者は長続きしないわね」

「先生は一部の限られたかたに、探索才覚《ギフト》を使用して描いた地図を販売なさっています」

ディルの能力はそういうふうにも利用できる。

探索才覚《ギフト》で安全なルートを表示し、それを地図に描くわけだ。

ややコツのいる作業だが、経験を積んだからこそ出来る匠《たくみ》の技と言えるだろう。

「あたしも買ってるわよ。ダンジョン内は安全と無縁だから、『比較的安全なルート』が分かるだけで大助かりなのよね。それに……いえ、いいわ」

ディルが途中でモネを睨《にら》んだので、彼女は肩を竦《すく》めて話を中断した。

「……？　先生は大切な地図をわたしに預け、大事なお客さまのところまで届ける役目を任せてくださいました」

えっへんとばかりに、アレテーは平坦《へいたん》な胸を張る。

「自分で行くのが面倒くさくなっただけよ絶対」

正解である。

「ちっ、ちがいますっ！　せ、先生はわたしに、将来頼るべき信頼できるお仕事相手を紹介してくださったんです……！」

「と、言いくるめられたのね」

「うぅ……。モネ教官は、先生を信じていないんですか？」

「信じているわよ。けどねレティ。信頼というのはゼロか百かではないの。ダンジョンで命を預けられるくらい信じていても、女の子の扱いは信じられなかったりするものなのよ」

「先生は、優しいです、よ？」

——なんでちょっと疑問形で言うんだ。こういう時は断言しないと怪しまれるだろうが。

「……ふぅん。あなたには優しいのかもね」

信じたのか信じてないのか、どちらかは分からないが、モネの機嫌が悪くなったのがデイルには分かった。

「お前にも優しいだろ。というか、俺は誰にでも優しい」

モネはジト目でディルを見つめた。

ディルは目を逸《そ》らさず、彼女を見つめ返す。

今回根負けしたのは、モネの方だった。

「……はぁ。じゃあ、話を戻すわね。お優しいディルセンセイにお願いがあるのよ」

「優しいから、聞くだけ聞いてやる。引き受けるかはまた別だが」

一人で静かに過ごす休日は既に完膚なきまでに破壊されたので、ディルは投げやりに言った。

「あたしが支援してる施設でね、今日食事会が開催されるのよ。元はなんだったかしら……どこかの種族の祭事だったかと思うけど、自分たちで獲《と》れる一番良いお肉を、その年に成人する子たちにお腹《なか》いっぱい食べさせる、という行事なのよ」

「狼《おおかみ》の獣人あたりで、そういうのがあったな。我が子の成人を祝うやつだ」

「あら、詳しいのね。うちではお肉食べ放題の日って認識で、大人気なのよね……」

元々は親が狩った獲物を振る舞い、お前もこれを出来るようになるのだぞ、と親として最後の教導をする日でもあった筈《はず》。

プルガトリウムには様々な種族が入り交じっているので、年中様々な祭り事がそこかしこで行われている。

自分の種族にとって伝統的な催しのみ参加する者もいれば、節操なく騒げるならなんでも参加する者もいる。

「既に嫌な予感がするんだが、当日になって肉の調達を手伝えとか言わないよな？」

モネは、珍しく甘えるような顔をした。

「……お願いっ」

ディルは反応に困った。

沈黙が場を支配し、モネが徐々に顔を赤くする。

「な、何か言いなさいよ」

「可愛《かわい》い後輩の媚《こ》びた仕草を見れて、居《い》た堪《たま》れない気持ちだよ」

「こ、この男……っ。人が下手《したて》に出たらこれなんだから！」

「俺はいつもこうだ」

「そうだったわね！」

「あ、あのー、モネ教官？」

「こほんっ。何かしら、レティ？」

まだ顔は赤いが、気品漂う年上のお姉さんの仮面を即座に被《かぶ》るモネ。

「もうお昼ですけど、お肉の用意は当日にするものなのでしょうか？　やはり、新鮮な方が……？」

「いえ、自前の冷蔵室があるからそこは問題ないわ。実はその……昨日の内にダンジョン第一階層で確保していたのだけど……」

「待て待て。お前、暴食領域の肉を振る舞うつもりだったのか？」

「だって、あたしが獲れる一番良《い》いお肉だもの」

支援している施設というのは孤児院だろう。

運営資金を提供するばかりか、ダンジョン由来の肉まで振る舞うとは、さすがは『聖女』と呼ばれるだけはある。

「で？　盗みでも入ったか？」

モネは悲しげに目を伏せた。

「そういうこと。管理を任せてた人が勝手にお金に換えて、姿を消したのよ」

誰もが、善意の行動に賛同してくれるわけではない。

孤児が肉を食って喜ぶ姿よりも、自分ひとりに大金が舞い込む方が幸せという者も多いだろう。

「ひどいですっ……！」

他人事《ひとごと》だというのに、まるで自分の家族が被害に遭ったみたいに、アレテーは怒っている。

「これまでは真面目に働いてくれていたから、驚いたわ……」

「そいつを捜し出して締め上げればいいのか？」

「いえ、制裁とか報復とか、そういうことに興味はないのよ。一応届け出はしたけど、望み薄でしょうね」

「まぁ捕まえて金を取り戻しても、同じだけの肉は買えないしな」

当然肉屋も商売なのだから、仕入れ値よりも売値の方が高くなる。

肉を買った方を捜し出して取り戻す……というのも難しいだろう。

子供たちのために今とるべき手段があるとすれば——。

「……狩りに付き合えってか」

「そ。もちろん強制じゃないわ。その時は一人で行くから」

「せ、先生……」

アレテーが潤んだ瞳でディルを見つめる。

手伝ってやるべきだとか思っているのだろう。

「あー……くそ。俺は無関係なガキ共の飯がどうなろうが興味ないんだよ」

　だが、とディルは続ける。

「借りは返さないとな」

　ディルの言葉に、モネは優しげな微笑を浮かべた。

「ありがとう」

「さすが先生ですっ！　わたしは信じてました！」

　アレテーが尊敬の眼差《まなざ》しで見てくる。

「何他人事みたいに言ってんだよ。お前もついてこい」

「――え？」

　アレテーが固まった。

「レティも連れていくの？　あたしは構わないけど……」

　彼女たちのクラスはつい先日、探索仮免許を取得した。

　第三階層探索免許以上を取得している探索者の同伴がある場合に限り、第一階層の安定空間の探索が許可される。

　安定空間というのは、度々構造変化が起こるダンジョンにおいて、常にその様相を保っている部分を指す。

　アドベンチャースクールが生徒に渡す地図も、安定空間が記されたものだ。

肉はそこで充分確保できるだろう。

ディルはアレテーの能力で試したいことがあった。

「あの、先生？　わたしがお役に立てるのでしょうか？」

「そう思わなきゃ連れて行かん。あー、だが装備をどうするかな……」

「それなら、あたしが見繕ってあげる。探索装備を取りに一度家に戻らなきゃならないし、丁度いいわ」

そういえば、彼女は私服姿だ。

「肉保管してるとこから、直接ここに来たのかよ」

「……こういう時、頼れるのはあなただけだもの」

ディルが純情な少年ならコロッと落ちかねないセリフだが、生憎《あいにく》と堕落した大人である。

「もう少しまともな交友関係を築いた方が良いぞ」

と、皮肉で返してしまうのだった。

「そんなこと言って、あたしのこと放っておけないんでしょ」

ニヤけ顔のモネに、ディルは呆《あき》れ顔を返す。

それから、装備を取りに自室へ足を向ける。

「借りを返すだけだっつの」

「所長には借りっぱなしじゃない」

「あいつはいいんだよ」

「どういうこと？」

ディルはリギルを助ける。リギルはディルを助ける。

これは決して変わらないことであり、疑いの余地はない。

リギルに助けを求めることをディルは借りと思わないし、彼を助けることで貸しを作れるとも思わない。

アレテーを寄越したのも──大きなお世話ではあるものの──ディルを助けようと思ってのことだと確信している。

だが、それを人に説明して理解が得られるとは思わなかった。

「どうでもいいだろ」

故に、ディルは適当に流す。

「男の友情ってやつかしら」

「やめろ気持ち悪い」

一々名前をつけるようなものではない。

ディルは話を打ち切って、自室の扉を閉めた。

それからしばらく経《た》ち。

装備を整えたディルは、改めて体の調子を確認。

アレテーの所為《せい》で生活習慣が改善されたこともあり、わざわざ意識せずとも体調は良好に保たれていた。

「……今日は役に立ったな。たまたまな」

あくまでアレテーの存在は疎《うと》ましいものだ、とディルは言い訳するように呟《つぶや》く。

扉を開けると、二人は既にいなかった。

「あ？」

アレテーを引き取って帰ってくれたのだろうか。

だとしたら最高なのだが。

ディルは儚《はかな》い希望をすぐに捨て、玄関を出た。

隣の部屋が騒がしい。アレテーの部屋だ。

「おい、何やってる」

玄関前に立ち、扉越しに声を掛ける。

するとしばらくして、扉が開かれた。

モネだった。

「ちょっとディル、知ってた？」

「なんだよ」

「あなた、アレテーにお世話してもらってるんでしょう？」

「子守されてるガキみたいに言うな」

「自分をお世話してくれてる人のことくらい、ちゃんと知っておくべきだと思うのよ」

「モネさんっ、先生は悪くありませんっ」

いつの間にか呼び方がモネさんになっている。

「いくら他人に興味がないからってねぇ……」

「話が見えん。具体的に言えよ」

「この子ったら、あなたのことばかりで、自分のものをほとんど持ってないのよ！」

「はぁ？」

モネが手を伸ばし、ディルをアレテーの部屋に引きずり込む。

そこは質素な部屋だった。

最低限の家具はあるが、これはリギルが手配したものだろう。ディルの部屋にあるのと同じタイプだ。

それ以外は、まるで人が住んでいないかのように綺麗《きれい》で、殺風景だった。

「待て待て。子うさぎお前、俺の家に押しかける代わりにリギルに援助してもらうって話だったろ。あいつに貰《もら》った金をどうした」

「えぇと……わたしには多すぎるくらいなので、どうしても必要なものを買う以外は使っていません」

「俺の部屋に物増やす前に、自分の部屋を整えろよ」

「そんなっ。わたしは、これでも充分すぎるくらいで……！」

変なところで押しが強いものの、少女が基本的には控えめな性格であることを忘れていた。

彼女からすれば、家事をするだけで生活の心配をする必要がなく、更には望んだ教官に教えてもらえるというのは、出来すぎな話なのだ。

恐縮してしまうくらいに。

「この子、服だってほとんど持ってないのよ⁉　普通気づくでしょう」

「俺にそんな観察力を期待するな」

仮に気づいていても、他人の服装に口出しする気はない。

「そうだったわね」

「そんなに何着も必要ないですから……」

「本当？　他でもない自分のために、おしゃれな格好とかしたくないの？」

「モネさんみたいに綺麗なかたと違って、わたしみたいな田舎者にそういうのは似合わないでしょうし……」

アレテーが力無く微笑《ほほえ》む。

「出身は関係ないわ。それを言うならあたしはスラムの孤児だし。それにあなたはとても可愛《かわい》いもの」

「なぁモネ。肉はいいのか」

「少し静かにしていて」

圧力が凄《すさ》まじく、ディルは黙っていることにした。

「分かった。じゃあ今度、あたしと服を見に行きましょう。似合う服を選んであげる」

「そんなっ。申し訳ないです」

「あら、断るの？　あたしと出かけるの嫌？」

「まさかっ。ひ、非常に光栄ですけど……」

「なら決まりね」

上機嫌なモネと、困り顔のアレテー。

「嫌なら断っていいんだぞ」

「嫌とかではないのですが……」

「なら行ってみろ。モネに味方するわけじゃないが、もしお前の中に良い服着たいって欲求があるなら、それを叶《かな》えるのは悪いことじゃない。モチベになるからな」

「モチベーション、ですか？」

「目標が遠すぎると、人の心は折れやすいんだよ。本気で深淵《しんえん》目指すなら、バカみたいに遠大な道のりになる。今より良い服、良い飯、良い家。探索者として活動していく中で手に入る物の中に喜びを見出《みいだ》すのは悪くない。限度はあるがな」

「そうよ。原動力は一つでなくてもいいの。もちろん、ストイックに……というのがあなたに合うならそれでもいいかもしれないけど」

というか何も言わないと日がな一日ディルの世話を焼こうとするので、休日に遊ぶ友人なり趣味を見つけてほしい――と、ディルは思っていた。

「そ、そういうものなんですね……あの、先生にもそういうものってあるのでしょうか？」

「酒、ギャンブル、女」

「適当なこと言わないの！」

モネに叱られてしまった。

「ふふ……それでは、モネさん。お願いしてもよいでしょうか？　実はその、お店の前には行ったことがあるのですが、入るのは恐れ多くて」

「任せなさいっ」

急速に仲良くなる二人だった。

「それより、いい加減行くぞ。ガキ共に肉を食わせてやりたいんだろ」

「そうね。行きましょうレティ。あたしの家で装備を見繕ってあげる」

「あ、は、はいっ……！」

——原動力、ね。

ディルは既に、それを失ってしまった。

だから、こんなふうになっているのだ。

ディルの視線は一瞬だけ、二〇四号室へ向けられた。

それはすぐに逸《そ》らされ、彼はいつも通りの眠たげな目になって家を出るのだった。

◇

モネの家は一軒家が立ち並ぶ金持ち向けの地域にあった。

とはいえ、プルガトリウム内で言えば上の下か中の上といったところ。

彼女が稼ぎを全て自分のために使ったなら、大邸宅を構えることも出来た筈《はず》だが、実際に住んでいるのは絵本に出てくるような、慎《つつ》ましやかな二階建て住宅だった。

「ふぁあ、綺麗なおうちですね！」

「そ、そう？　一人だと少し広すぎるのよね。かといって、これ以上ランクを下げると治安上の問題が生じたりするし……」

探索者が探索才覚《ギフト》を使えるのはダンジョン内だけ。

盗む側からすると、地上の方が狙い目と言える。

贅沢《ぜいたく》を好まないモネがこの家を購入したのは、そういう背景がある。

安全が買えるなら、金を惜しむべきではない。

「あなたたちの家とか、いいわよね。確か入居者のほとんどが力のある探索者なんでしょう？　さすがに泥棒も避《さ》けるわよ」

探索才覚《ギフト》を抜きにしても、相手にしたくない探索者というのはいる。

ディルの住んでいる集合住宅には、そういった入居者が多くいた。

「そ、そうなんですかっ？　わ、わたしには入居する資格がなかったのでしょうか……」

「これから、強い探索者になればいいのよ」

「モネさん……！　わたし、頑張ります！」

二人の会話を聞きながら、ディルは玄関に向かう。

だが、扉の前でモネに止められた。

何故《なぜ》か、彼女は僅かに顔を紅潮させている。

「あ、あなたはここまでね」

「は？　なんでだよ」

「……お客が来るとか、考えてなかったから。その、散らかってるのよ」

「気にするな」

「あたしが気にするの」

「子うさぎはいいのか？」

「探索装備を選んであげると約束したんだもの、やむを得ないというものよ」

「そうかよ」

「あたしの家に入るチャンスを逃したくないのは分かるけど、次の機会にね」

「言ってろ」

ディルは外で待つことにした。

「す、すみません先生。なるべく急ぎますのでっ」

「いや、急ぐな。準備は自分でもうんざりするくらい万全を目指せ」

「！　はいっ。あ、アレテー、コンディションは良好です！」

少しだるいだけでも探索は休むべき、というディルの言葉を思い出したのか。

「そう見えなきゃ連れてこない。さっさと行け」

しっしっと追い払うように手を振るう。

二人を待っている間、ディルは今後の動きについて思考を巡らせる。

ダンジョンへ行き、第一階層で獲物を探し、狩り、持ち帰る。

肉を捌《さば》く者も調理する者も、モネが手配しているだろう。

それにしても、『光芒一閃《こうぼういっせん》のモネ』に盗みを働くとは大した命知らずだ。

それも、子供たちに振る舞う予定だった肉となれば、怒りを覚える者も多いだろう。

金は大きな力だが、恩義や義憤で動く者も多く存在するのだ。

衛兵が捜査するまでもなく、犯人はじきに捕まることだろう。

——どうでもいいか。

ディルが考えることではない。

その者の所為《せい》で休日が潰れることになったので、文句くらいは言いたいところではあるが。

「お待たせしましたっ！」

二人が出てきたのは、一時間が経過する頃だった。

「遅《おせ》ぇ」

「すみません！　で、でも先生が万全を期すようにと……」

「言う通りにしても怒られる。世の中ってのは理不尽なもんだ」

「な、なるほど！　先生は今回の件を通して世間の厳しさを教えようと……っ」

「レティ？　ディルは結構な頻度で適当なことを言うの。あなたには、それを見抜く力を養う必要があるようね……」

「そ、そうなんですか？　わたし、そういうの苦手で……」

「素直なのは美徳だと思うけどね」

ディルは二人の装備を確認する。

モネは騎士ふうの衣装に身を包んでいる。

腰には剣の鞘《さや》。

ただし重々しい鎧《よろい》は身につけていない。金属質の装備で守られているのは、両腕と両足のみだ。

ディルもそうだが、一見防御力のなさそうな衣装であっても、ダンジョン由来のアイテムをふんだんに利用することで、見かけとは異なる耐久力を発揮するのだ。

たとえばモネが纏《まと》う装備は刃を通さず、衝撃を分散し、水を弾《はじ》き、泥を寄せ付けず、一部の特殊攻撃への耐性まで持つ。

オークの渾身《こんしん》のパンチをまともに食《く》らって吹き飛んでも、体内にダメージはほとんど届かないだろう。

こういったアイテム群は、怠惰領域、憤怒《ふんぬ》領域、強欲領域などで入手できることが分かっている。

探索才覚《ギフト》を得ただけの生身の人間がダンジョン内で生き抜くには、装備の充実が最優先と言えるだろう。

「子うさぎのそれは、どんな効果を積んでる？」

アレテーの格好は、とても探索者には見えない。

ワンピースにパーカを羽織った姿だ。首にはマフラーを巻き、足は太ももの上まで黒い靴下に覆われている。

「ちょっと、まずは感想でも言ってあげたら？」

モネに注意された。

照れた様子で頬を掻《か》いていたアレテーが、ディルの無反応ぶりにしゅん……となっている。

「……動きやすそうだな？」

「は、はい。着た人のサイズに合わせる機能がついているみたいで、ぴったりでした……」

答える声に元気がない。

「あー……服ってのは、自分で満足してりゃそれでいいんだよ。お前はその衣装をどう思う？」

「か、可愛《かわい》いと思います！」

「じゃあ、それは可愛いんだろう」

「はいっ！　ありがとうございます！」

機嫌が直ったようだ。

正確には、ディルは自分の感想を伝えていないわけだが。

「ディルにしては及第点ね」

「いいから効果の説明をしろ」

「基本通りよ。物理攻撃耐性・特殊攻撃耐性と、自動サイズ調整、常時清潔状態といったところかしら」

「よし。ド新人に強化系を入れると事故るからな」

反応速度や脚力腕力を上昇させるアイテムも存在するが、慣れない内からそういったアイテムに頼ると、『普段の自分』と『強化された自分』の違いに上手《うま》く適応できず、予期せぬ動きをしてしまうことがある。

最初の内は、快適に動けること、ダメージを軽減することに重きを置いていれば問題ない。

能力強化は、『普段の自分』を完璧に把握・制御できるようになってからでも遅くないのだ。

「そのあたりはちゃんと心得ているわ」

「ただの確認だ」

「生徒思いなのね」

「茶化すな」

「……ごめんなさい。そうね、パーティーの状態を把握しておくのは大事なことだわ」

慎重だからこそ、ディルは生き残れたのだ。

ちなみに、アレテーのポーチは見た目以上の収納量を誇るダンジョンアイテムだ。

かなりの高額で取り引きされる品だが、モネはアレテーにプレゼントしたようだ。

「子うさぎ、モネに感謝しろよ。初心者が確かな品質のレア装備をゲット出来るのは、とんでもない幸運だ」

「感謝なら、もう貰《もら》ったわ」

「いえっ、先生の仰《おっしゃ》る通りです。改めて、ありがとうございます！」

「ふふ、いいのよ。今どき、お金目当てじゃない探索者志望なんて珍しいもの。頑張りましょうね」

「はいっ！」

「じゃあ、そろそろ行くか。これ以上遅くなると、晩飯に間に合わん」

こうして、三人はダンジョンへと向かうことになった。

◇

ダンジョンは階層ごとに、表現しようとする環境に特色がある。

それを指して表現世界《テクスチャ》と呼ぶ。

第一階層には森林や草原が広がり、そこに凶暴な動植物が生息しているのだ。

先日の授業で捕らえた一角イノシシなども、その一種である。

「ここは、いつも晴れなんですねぇ」

声の調子はのんきだが、アレテーの表情には緊張が滲《にじ》んでいる。

ダンジョン内では平静を保つことが大事、というのが基本だが、それを彼女なりに実践しようとしているのかもしれない。

「まぁな。年に何回か『夜』になるが、そういう日は探索を諦めた方がいい」

「よく見えず危険だから、でしょうか?」

「それもあるが、どういうわけか普段にも増してモンスターが凶暴になるんだよ」

「なるほど、分かりました……!」

ごくり、と唾を飲んで真剣な表情になるアレテーだった。

第一階層・暴食領域に降り立った三人は、草原の中を進む。

「取り敢《あ》えず、牛・豚は三頭ずつあればいいかしら……。鳥はサイズからして、もう少しあるといいわよね」

「何人で食う気だ?」

「食べざかりの子供を舐《な》めてはいけないわ」

「限度があるだろ。巨人のガキでも交ざってるのか?」

「さすがに巨人はいないわね。でもオーガとかオークとか、狼《おおかみ》の亜人とか、みんな沢山食べるのよ」

「あー……」

人間の考える『大食い』のレベルを遥《はる》かに超える大食漢も、他種族には多くいたりする。

「ディル、案内頼める？」

「あっちだ」

ディルが先導する形で、一行は進む。

「あの……先生は今、探索才覚《ギフト》を使われているのですか？」

「どう思う？」

「その、わたしが聞いた話だと、先生の探索才覚《ギフト》は『比較的安全な経路が分かる能力』だとか……」

「まぁ間違ってないな」

そういう使い方も出来る。

「ですが……その……」

「なんだ？　……あぁ、モネとの話を盗み聞きしてたんだったな」

モネをジロリと睨《にら》むと「人が隠れてるって気づいたのは、その話のあとなのよ」と言い訳が返ってきた。

そもそもアレテーを隠したのはディルなので、モネを責めるのは筋違いなのだが。

ディルもすぐにそれを悟ったのか、視線を前方に戻した。

「手の内を明かすのを気にしないやつもいれば、気にするやつもいる。俺は気にするタイプなんだ、詮索するな」

「はい……」

返事とは裏腹に、彼女の顔には納得がいかないと書いてある。

「レティは、『モネは知ってるのに』って思ってるのよね」

「うっ……そ、そんなことはっ」

「はぁ？」

「それとディル、そろそろ名前で呼んであげなさいよ」

「なんだ急に」

「あわわっ、モネさんいいですからっ」

「レティ、落ち込んでたわよ？　いつまでも子うさぎ呼びだって。でも一回――」

「モネさんっ！」

顔を真っ赤にしたアレテーの叫びに、モネが慈《いつく》しむような笑みを浮かべている。

「お前ら、ピクニックか何かだと思ってないか？」

モネの方は雑談しつつも警戒を怠っていないが、アレテーはそのへんまだ未熟。

「ご、ごめんなさい！」

「いや、いい。今のうちに失敗しとけ。今ならモネがカバーしてくれるからな」

渋々とはいえ教官を引き受けたのだ。

能力の使い方だけでなく、精神面でも彼女を鍛える必要があった。

「センセイも助けてくれるわよね？」

「俺の探索才覚《ギフト》はサポート系だ」

「はいはい」

「お二人は仲が良いのですね……」

「お前さっきから変だぞ」

「な、仲が良いって……そ、そう見える？」

「モネ、お前も変だ」

話をしている内に、三人は草原から森林エリアへと移ろうとしていた。

「子うさぎ、俺が指示したらモネと一緒に動け。お前に働いてもらうのは少し後になる」

「は、はいっ」

「普通の木と、樹木タイプのモンスターがいるが、見分ける方法は一つ。実がなってればモンスターだ。俺らも注意するが、気づいても近づくな」

「わかりましたっ」

「モンスターの肉狙いで探索する場合、気をつけておくことが幾つかある。まず一匹ずつ狙うこと。よほどの実力者じゃない限り、囲まれるときつい。仮になんとか出来ても、肉の状態を気にして戦えるもんじゃない。稼ぎの効率と安全面両方から考えて、一匹ずつにしておくのが常道だ」

「はいっ、覚えていますっ」

授業のおさらいのようなものだ、アレテーも知識としては備えている。

「次、習性だ。お前が水のクマを出した時、イノシシは逃げたな」

「はい」

「あいつらにも生存本能がある。凶暴なくせに、微妙に知恵もあるわけだ。強い探索者だと、これが獲物探しの妨げになる」

「あっ……モンスターを倒したくても、逃げられてしまうということでしょうか」

「そうだ。お前が出したうさぎは食われたが、クマだと逃げ出した。あれは、使い手のお前自体は脅威と見ていなかったモンスターが、探索才覚《ギフト》の使い方を見てクマを脅威と思ったわけだ」

そういう意味でもアレテーの能力は便利だ。

弱い生き物でモンスターを釣り、強い生き物で倒せばいい。

彼女の性格からして、そのような使い方はしないだろうが。

「だが、探索者本人が脅威だと思われるくらいに強かった場合、面倒くさいことになる」

「近づくだけで逃げられてしまう、ということでしょうか？」

「あぁ。通り過ぎる分には便利だが、ここは一番稼ぎやすい階層でもある。獲物に逃げられるのは困るわけだ。これにも対処法がある。わかるか？」

「えと……その、合っているかわからないのですが」

「言ってみろ」

「初めて探索才覚《ギフト》を使った授業の際……その、教官がたがいたのに、イノシシさんはわたしに襲いかかってきました」

ディルはニヤりと笑った。

やはり、天然なだけで鈍くはない。

「そうだ。暴食領域のモンスターは『微妙に』知恵が回ると言ったろ？　集団の中に脅威とならない個体を発見すると、あいつらは襲いかかってくる。あの時はお前や、他の生徒だな」

「な、なるほど……でも、どうしてでしょう？」

「モンスターは、純粋な動物じゃないと言われてる。あいつらには『生物らしい行動』よりも優先される何かがある。この領域のモンスターで言うと、侵入者の排除だ」

「はいじょ……」

「自分の能力で手に負えない敵からは逃げる。目的を達せないからだ。だが集団の中に『こいつだけは殺せるかも』という獲物がいれば、そのあとで自分が殺されることも気にせずに襲いかかってくるわけだ」

アレテーは難しい顔をした。

「そう、なのですね……」

何故《なぜ》ダンジョンが出来たのか。ここは一体なんなのか。モンスターの肉を食っても大丈夫なのか。アイテムの使用に代償はないのか。

そういった議論はダンジョン発生の初期段階に散々行われた。

今でも議論の的ではあるが、大きな恩恵が得られるという事実を前に、多くの人間が気にしないでいるのが現状だ。

どういうものかを理解できなくても、どう利用できるかは分かっている。

モンスターの習性も同じだ。

モンスターがどのような目的で何者によって生み出されたかは不明だが、行動パターンを把握することは可能。

それを利用すれば、狩りをする上で役立つ。

「あ、一応言っておくと、モンスターの肉の安全性は証明されているからね？　毎日でもいいくらい美味《おい》しいのに、中毒性はないし。怪しげなものを子供には食べさせないから、安心して」

「いえっ、そんなふうに思っているわけでは」

「でも不安になったろ？　純粋な動物じゃないなら、食べても大丈夫なのかって」

「うっ……」

ディルの指摘に、アレテーは言葉に詰まる。

「いいのよ、正常な反応だわ」

「別に、お前に食えとか倒せとか言わないから安心しろ」

「は、はい……。それで、あの、先生」

「なんだ」

「それらを踏まえた上で、先生の指示も考えると……その」

「そうだ。俺が囮《おとり》になる」

「先生ほどのかたでも、モンスターさんに襲われてしまうのですかっ？」

「あいつらからすると、俺は雑魚《ざこ》認定らしい」

「そのへんの判断基準がまだ曖昧なのよね。戦闘系の探索才覚《ギフト》や武器タイプのアイテムは警戒されるけど、サポート系のあれこれは軽視される傾向にある、というのが通説だけど」

武器タイプのアイテムを持っていても、それだけで襲われなくなるわけではない。

やつらの中にある、何かしらの基準を超えない限りは襲いかかってくる。

「あと女の方が襲われやすかったりな」

「性差別的よね」

「肉が柔らかそうとかだろ」

「セクハラね」

「なんでだ」

「だって今、あたしの方を見て言ったじゃない？」

自分の胸を隠すように、モネが腕を組む。

「冤罪《えんざい》だ」

「どうだか」

「そ、そうでした……モンスターさんは人を食べてしまうのでした……」

授業で習ったことを改めて突きつけられ、アレテーの顔が青くなる。

「食うっつっても、栄養にするわけじゃなさそうだけどな」

「そうね、人を食べたモンスターをすぐに倒して腹を割いても、中に食べられた肉片は見つからなかったという話もあるくらいだし」

アレテーの顔が更に青くなる。

「で、では一体どこに……？」

「ダンジョンで人が死ぬと、死体は残らない。そこに落ちた装備で死を、残された認識票で名を知ることが出来るってだけだ。ダンジョン自体が死体を呑《の》み込むなんて言われてるな」

パーティー内で死者が出た場合、無理を押してでも遺体を連れ帰ろうとすることがある。

一度置いていけば、次の機会は得られないからだ。

「モンスターの捕食行為は、殺した者の特権としてダンジョンが呑み込む筈《はず》の『何か』を一部食べることを許可されてる、とか唱えてる学者もいたわよね」

「罪業《ざいごう》、だったか。随分概念的な話だが」

「モンスターさんは、人の罪を食べるということでしょうか？」

「だとしたら、ここで死んだやつは天国に行けるんだろうな」

「どちらかというと、地獄に落ちそうな場所だけど」

「まったくだ」

ディルは立ち止まり、二人のことも手で制する。

「無駄話はここまでだ。そこの木に登れ」

「わかったわ。行きましょうレティ」

「わ、わたし木登りとか、したことなくて……」

「……大好きなクマさんに手伝ってもらえ」

「そ、そうでしたっ」

生き物を使役するという能力に、彼女の心が合っていない。

そのあたりがもう少し馴染《なじ》めば、だいぶマシになるのにな……とディルは考える。

優れた探索才覚《ギフト》を手に入れることは、探索を進める上で大いに役立つ。

替えの利《き》かない、自分の相棒なのだから。

ディルは一見すると無防備に思える様子で、木々の隙間を縫うように進んでいく。

そしてある時、それは襲いかかってきた。

一角イノシシである。

ディルは読んでいたかのように飛び退《ずさ》る。

モンスターの突進はすぐには止まらず、角が樹木に突き刺さったことで停止する。

その頃には、ディルはショートソードを抜き放ち、モンスターの側面に寄っていた。

憤怒《ふんぬ》領域で入手できる武器は、いずれも高性能。

ディルの一撃は、イノシシの額を容易《たやす》く貫く。

「ちっ……モネにやらせるつもりだったのに」

あまりの好機に、つい手が出てしまった。

もしこれをアレテーが見ていたら、大騒ぎしていたかもしれない。

ディルの動きはあまりに無駄がなく、まるでたった一つの正解を綺麗《きれい》になぞったかのようだった。

——まぁいい。次だ次。

ディルは装備の中から小袋を外し、紐《ひも》を緩めてイノシシに向ける。

すると、イノシシが袋の中に吸い込まれるようにして消えた。

怠惰領域で獲得できる、『荷運び・荷物整理・配置スペースの確保・保存』などの手間を省略可能な、袋型の携帯倉庫である。

モネがアレテーに渡した中にも同じ系統のアイテムがあったが、ディルのは収納力と使用回数が桁違い。

袋の中は時間経過もないという優れものだ。

売却すればこれ一つで一財産築けるほどの価値があるが、ディルにそのつもりはなかった。

イノシシを仕舞うと、ディルは次の獲物を探す。

彼の能力は、目的達成までのルートを表示するもの、と言った方が実態に近い。

そして目的は何も場所に限られない。

生き物でも構わないし、ものでも構わない。

それだけでも、世間の評価はひっくり返るだろう。

ディルがいれば、比較的安全なルートを選びつつ、自分の望むもののある場所まで案内させることが可能。

パーティーメンバーとしては垂涎《すいぜん》ものだ。

その上、ディルは今やったように自身で戦うことも可能なのだ。

だが、ディルはこれを隠していた。

一番の理由は、面倒事に巻き込まれないため。

人の欲望渦巻くプルガトリウムで、ディルの能力は有用すぎる。

事実が知れれば、力を貸してほしいという者が殺到するだろう。

そんなやつらの相手はしたくない。

断って引き下がる物分かりの良い者ばかりではないのだ。

この力のことは、一部の者しか知らない。

人助けを人生の一部のように考えているモネには悪いが、ディルはこの力を明かして何かしようとは思えないのだ。

精々が、知己の頼みで地図を制作するくらいか。

思考中もディルは探索才覚《ギフト》に従い進む。

この能力で表示されるのは最適なルートだ。

言い換えるなら、最初から最後まで最適な行動をとれた場合のみ達成可能なルートなのである。

ディルが万全の体調と準備を整えるのも、最高の自分を保ち、自分の選択肢を最大限確保するため。

仮に達成不能な目的を設定した場合、ルートは表示されないのだ。

出来ることを増やしておくのは、ディルにとっては非常に重要なことだった。

再び一角イノシシを一撃で倒したディルは、三度目の正直とばかりにモンスターまでの経路を表示。

ほどなくして遭遇。

時折木の陰に隠れながらイノシシの突進を回避、二人が潜む木まで向かう。
「よく考えたら教官を囮にするっておかしくないか?」
「センセイが買って出たのでしょう?」
ディルが一本の木を通り過ぎると、そこから閃光《せんこう》が降ってきた。
金の髪をなびかせるハーフエルフ、モネだ。
彼女は剣の柄を抜いている。
剣を、ではない。柄だけだ。
モネが探索才覚《ギフト》を発動する。
すると、柄から光の刀身が生えたではないか。
その刃は、なんの抵抗もなくジュッとイノシシの首を落とす。
「ありがとうございますね、センセイ?」
光熱の剣を使いこなす金色の乙女。
この能力こそが、彼女が『光芒一閃《こうぼういっせん》のモネ』と呼ばれる所以《ゆえん》である。
モネの能力は、当たり外れで言えば大外れだ。
光属性傲慢型に属し、その能力は『自分の周囲に光熱攻撃を展開できる』というもの。
通常光属性というのは、射程距離が伸びるほどに価値が高くなるといわれる。

大抵の敵ならば殺せる火力で、遠方から射貫《いぬ》くのだ。

射程がない場合、その分敵に近づく必要がある。

それだけ危険が増すということでもあるわけだ。

モネは当初、劣等生扱いされていた。

それでも、自分を探索者にするべく支援してくれた者たちのため、今も苦しい生活を強いられる施設の子供たちの環境を変えるため、彼女は諦めなかった。

ならば、生き抜くのに必要だと思う知識を授けるのが教官というもの。

ディルは一般的な傲慢型の射撃という使用法をまず捨てさせた。

彼女の射程では、普通の傲慢型使いになることも出来ない。

生き残る道は、異端の傲慢型使いのみ。

モネに近接戦闘能力を高めさせ、何かしらの武器を扱えるようになれと指示。

彼女は剣を選び、今の戦い方を完成させるまで長く苦労した。

モネが普通の生徒と違いディルを尊敬しているのは、このことがきっかけだろう。

「モネさんすごいです！」

アレテーは拍手しかねない勢いで興奮している。

モネはふふんっと鼻を鳴らし、空いてる方の手で髪をバサァッと払った。

「ありがとうレティ、光栄よ」

気取った仕草も様になるのが、モネという少女だった。

「さぁセンセイ？　次もお願い出来るかしら？」

「イノシシはもう終わりだ。既に二頭倒してきた」

「あら、それはすごいわね。ありがとう」

「先生もすごいです！」

アレテーの反応を見て、ディルは考える。

どうやら、自分が深淵《しんえん》に行くために他のモンスターを殺すのに抵抗があるだけで、他人のそれに口出しするほどではないようだ。

そもそも彼女の住んでいた地方なら狩りで日々の糧《かて》を得ることもある筈《はず》なので、命を頂くことへの忌避感があるわけではないのだろう。

「先生？　どうしました？」

「次、お前に働いてもらうぞ」

「わ、わたしですか？」

「なんのために連れてきたと思ってる」

「後学のため、でしょうか……」

「真面目か」

「真面目なのは良いことじゃない」

モネが会話に入ってくる。

「さっきも言ったが、役に立つと思ったから連れて来ることにしたんだ。いいから降りてこい」

「は、はいっ。ではえぇと……べりあるさん、お願いしますね」

水のクマが出現し、アレテーを抱えて降ろす。

「名前付けたのか」

「はいっ。モネさんも、イメージしやすいように名前を付けることはよくある、と仰《おっしゃ》っていたので」

「まぁそうだな」

ネーミングセンスについては触れないことにする。

「草原に戻る前に、ここでもう少し採っておきたいものがある」

ディルが歩き出したので、二人もついてくる。

「牛も鳥も草原エリア生息よ？　このあたりで狙うとしたら……採取系？」

「あぁ。おい子うさぎ、さっきのおさらいだ。樹木に擬態したモンスターの特徴は？」

「えぇと、実がなっているとモンスター、です」

「そうだ。たとえば……丁度いいな、あれを見ろ」

ディルが立ち止まり、ある方向を指差す。

そこには一本の樹木が生えていた。

幾つも実が地面に転がっており、ディルたちのいるところまで甘い匂いが漂ってくる。

その誘惑といったら凄《すさ》まじく、ディルやモネですら飛びつきたくなるのを堪《こら》えるのが難しいほど。

アレテーなどはふらふらと誘われるように歩き出したので首根っこを摑《つか》んでおいた。

デコピンすると「あうっ」と呻《うめ》いたあと、「はっ、わたしは何を……」と正気に戻る。

「今体感したように、採取系といえども楽じゃない。あのまま誘惑に負けると……あぁなる」

ちょうど、一角イノシシが実を貪っているところだった。

一心不乱に実を頬張るイノシシ。

すると、やつの周囲の地面が隆起し、複数の木の根が這《は》い出る。

そしてイノシシに絡《から》みつき、縛り上げる。

「ひっ」

それでもイノシシは口をバクバクさせている。僅かでも実を口の中に入れようともがく。

木の根が脈動したかと思うとイノシシの体が痙攣《けいれん》し、徐々に——萎《しぼ》んでいった。

体内の液体を吸い出されたかのように、しわしわになっていき、やがて皮を残すのみとなった。

「あわわわ……」

アレテーが口元を押さえてぶるぶる震えている。

「甘い匂いで誘って、近づいてきたら拘束。あとは吸い殺す。植物だからといって気を抜くな」

モンスター同士は必ずしも協力関係にあるわけではない。

このことについて、一部の研究者は先程の『罪業《ざいごう》』の件と合わせて、こんなことを言っていた。

モンスターは罪を犯すことで強くなり、罪を食《く》らうことで強くなる。

先程の会話で出たように、暴食領域の獣が人の罪を食らうなら。

その罪を食らった獣を更に食らうことで、樹木系モンスターは強くなれる。

モンスターには、罪の奪い合いをしてでも、己を強化するような本能があるのだ、と。

罪業云々《うんぬん》をディルは信じていないが、実際に同じ種類でも強さには個体差がある。

稀《まれ》に、あまりの危険度から個体名を与えられ、国が警戒を促すモンスターもいるほどだ。

「根っこ攻撃は動きが読みづらいから、あたし苦手なのよね。実自体はとんでもなく甘くて美味《おい》しいのだけど」

モネの言葉に、ディルは思考を目の前のモンスターに戻す。

「綺麗《きれい》な形で多くを持ち帰るのが難しいからな、肉と比べても市場に出回る数が少ない。モンスターを殺したくないってんなら、これで稼ぐのが一番だ」

「あっ……」

アレテーが何かに気づいたように声を上げ、ディルを見る。

そして、瞳を潤ませた。

「先生は、これをわたしに教えてくださるために……？」

じーん、と感動しているアレテー。

ディルは表情を歪《ゆが》めた。

「おい、気味の悪い勘違いをするな。休日にダンジョンなんか来る羽目になったんだ、ついでに小遣い稼ぎしても罰は当たらないだろう。その手伝いをさせるってだけだ」

「はい、先生！　わたし、頑張ります！」

「ほんとに分かってるか？」

「先生が優しいかただということを、わたしは分かっています」

「分かってねぇじゃねぇか」

「……ふぅん、随分と仲が良いのね」

モネの声が低くなる。

「……あー、とにかくだ。やり方を教えてやるから、よく聞くように」

「はいっ！」

「モンスターへの対処で重要なのは、とにかく正確な情報だ」

「じょうほう」

「そうだ。さっきのイノシシもな、突進の前に地面を脚で掻《か》くって予備動作があるんだよ。それさえ摑んでおけば、タイミングを計って避《よ》けることが出来るわけだ。知ってさえいれば、どうすれば生き残れるかを考えることが出来る」

口で言うほど簡単なことではないが、とても重要なことだ。

「な、なるほどです！」

「今回は、俺が樹木モンスターの情報をただでくれてやろう」

ディルが尊大に振る舞っても、アレテーは気を悪くすることがない。

それどころか、恐縮するようにこちらを見上げる。

「そ、そんなっ。よいのでしょうか……」

ひねくれたディルにとって、アレテーという少女はあまり相性がよくないようだ。

「……俺は考えた。第一階層の採取系は効率が悪いって理由で競合相手が少ない。もし効率的に狩れるなら、かなりの儲《もう》けが出せるんじゃないかってな」

ごくり、と固唾を呑《の》んで続きを待つアレテー。

モネも黙って聞いている。

「で、何日か観察して気づいたことがあった。まぁ俺じゃ利用できそうにない情報だったんだが……お前なら使えるだろう」

そうして、ディルは情報をアレテーに提供する。

「……へぇ。確かにいけそうね」

モネが感心した様子で呟《つぶや》く。

「わたし、頑張ります！　先生のご厚意を、無駄にはしません！」

「しつこいやつだな」

なにがなんでもディルの善意を信じたいらしい。

アレテーが探索才覚《ギフト》を発動し、生み出したのは――リスだった。

そして彼女は、モネに貰《もら》ったポーチをリスに持たせる。

「それでは、お願いしますね」

リスはまず、モンスターの最も近くに生えている木に登った。

それから枝を伝ってモンスターに飛び移る。

攻撃は——ない。

「……本当ね。樹上は警戒が薄い、というわけではないわよね？」

「あぁ、探索者が同じことをすると、枝が動いて迎撃するからな」

ディルが気づいたのは、小動物型のモンスターによる実の獲得は見逃される、ということだった。

何かしらの利益があるのかもしれないし、捕らえる労力と得られる栄養が見合わないから無視しているのかもしれない。

どちらにしろ、アレテーの能力ならばそれを利用できる。

リスを操っているアレテーは、集中しているのか無言だ。

水で出来たリスがポーチを広げると、実が吸い込まれていく。

「今回は俺のを貸すつもりでいたが、お古とはいえくれてやるとは、お前太っ腹だな」

売ればかなりの額になるというのに。

「あたしは太ってないわ」

「あー……いや、度量が大きいっていう、人間の表現だ」

「知ってるわ」

「だと思ったよ。お前エルフの森出身じゃないもんな」

共通語を話していても、種族特有の表現は通じないことがある。

とはいえ、近年は生まれも育ちもプルガトリウムの者が増えたので、意思疎通に大きく困る例は少ない。

モネはくすりと笑ってから、話を戻す。

「あたしは単に、レティが気に入っただけ。可愛《かわい》い後輩だもの、可愛がってもいいでしょう？」

「そりゃ、お前の自由だけどな」

話している間も、二人は周囲の警戒を怠らない。

「子うさぎ、そろそろ戻らせろ。あんまり採るとさすがに怪しまれるかもしれん」

「あっ、はいっ」

ほどなくして、リスが戻ってくる。

「沢山採れました！」

「ここで出さなくていいからな」

「すごいわレティ。あなたのやり方なら、安定した収入を得られるわね。従来のやり方だと、傷一つない状態の実を入手するのは困難なのよ」

「……まだ問題点もあるな」

「わ、わたし何か失敗してしまったでしょうか……？」

不安そうな顔になるアレテー。

「リスを動かしてる間、あまりに無防備だったぞ。理想は二、三体同時に使役しながらお前自身も自由に動けることだな」

「な、なるほど……！　でも、今は難しそうです」

肩を落とすアレテー。

「だろうな。探索才覚《ギフト》はまるで四肢のように馴染《なじ》むとは言うが、右手と左手で同時に同じ精度で文字を書くとか、大抵のやつは出来ない。それと同じだ。探索才覚《ギフト》を使いながら本人もバリバリ動くってのは簡単じゃないんだよ」

「だから、沢山練習するのよ。体を鍛えるのと同じで、探索才覚《ギフト》も自分次第でより良いものへと変わるわ」

「は、はいっ！　お二人とも、ありがとうございます！」

「ふむ、では特別授業料として果物の三割を――」

「センセイ？　ただで教えてやるって仰《おつしや》ってましたわよね？」

モネに肘でつつかれる。

「それは情報料の話だ。パーティーで活動している以上、獲得物の分配はあって然《しか》るべきだろう」

「教官が本免許の取得を終えていない担当生徒と共に探索した上で、獲得したアイテムを売却し、利益を得るのは違法じゃなかったかしら？」

そこを禁止しておかないと、『指導・教導』を名目に、経験の浅い仮免許の生徒を利用する教官が現れかねないからだ。

というより、そういった例が珍しくなかったために禁止されたという経緯がある。

無論、ディルはそれを承知していた。

「そうだったな。だが、売らなきゃいい話だろ」

「法の抜け道を模索しないの」

「そうじゃねぇよ。あー……子うさぎ、あとでモネに幾らか果物を分けてやれ」

「はいっ！　それはもちろん。……ですが大丈夫でしょうか？　今のお話を聞いていると……モネさん、捕まってしまいませんか……？」

「探索者は獲得アイテムを自分で処理することがある。装備したり食ったりだ。あくまで個人用ってことなら、譲渡することもあるわけだ。お前もモネに装備貰ったろ」

「はっ、た、たしかにっ！」

「相手が良いって言っても、礼の言葉だけで終わらせるな。借りなんてのは引きずらず、さっさと返しちまった方が良い」

「なるほど……っ。あの、モネさん！」

「なにかしら、レティ」

「どうか、果物を受け取っていただけませんでしょうかっ」

モネは、綻ぶように微笑《ほほえ》んだ。

「ええ、ありがたく頂くわ。お肉と一緒に、子供たちに振る舞っていいかしら？」

「もちろんですっ」

アレテーは次に、ディルに向き直る。

「あ、あのっ、先生もどうか――」

「要らん」

「でも、あの、えと……」

ディルは舌打ちした。

「……売れないのに貰っても意味がない。どうせなら、飯の後にでも出してくれ」

アレテーがにぱぁっと笑う。

「はいっ！」

「人の前でイチャつかないでくれる？」

モネが苛立《いらだ》ったような声を上げる。

「いちゃっ⁉　そ、そういうのじゃありませんのでっ！」

アレテーは顔を真っ赤にして慌てる。

「……ダンジョン内で一々騒ぐな」

「はっ、す、すみませんっ！　モネさんは今、ダンジョンで平静を保つ大切さを教えるために、あのようなことを仰ったんですね！」

「……え、ええ、まぁ、そういう意図ももしかすると無意識の内に込めていたかもしれないというか……」

嘘《うそ》が下手すぎるモネだった。

「そうなのですね！」

そしてそれに気づけないアレテーだった。

ディルは溜息《ためいき》を溢《こぼ》す。

「おい子うさぎ。今回は例外だが、今後パーティーを組む時は、獲得アイテムの配分をどうするか事前に決めておけよ。図太さと交渉力は探索者の必須能力だ。あと、アイテムを安く売るのも絶対にやめろよ。あと他にも——」

ディルは移動を再開しながら、つらつらと注意事項を述べていく。

「わわっ、せ、先生っ、もう少しゅっくりお願いしますっ」

「……ふふ」

「おいモネ、何笑ってやがる」

「……今日のディルは、随分と太っ腹なんだなと思って」

「俺は太ってない」

「それはいいから」

「別に……ついでだついで」

ディルは最初から、アレテーに経験を積ませるつもりで連れてきたことを、モネは見抜いているようだった。

「ふふっ、やっぱり良いセンセイよね」

「はいっ、先生はお優しいです！」

「……帰っていいか？」

「ダメよ。まだ必要なお肉が揃《そろ》っていないもの」

モネにがっしりと腕を摑《つか》まれる。

何を思ったか、モネの反対側、外套《がいとう》の裾を、アレテーがちょこんと摑む。

――なんなんだこれ……。

ディルは大きく溜息を溢し、渋々探索を続けることにした。

◇

その後、三人は人間の子供ほどのサイズがある鳥型モンスターを三羽、鎧《よろい》のように硬質化した皮膚を纏《まと》う牛型モンスターを三頭狩り、帰路についた。

「モネさんの剣、すごかったです。こう、シュバッてなって」

孤児院への道中、アレテーは興奮した様子で言う。

既に夕日が見えている。少々急いだ方がいいかもしれない。

「ふふ、ありがとう。でも、こんなにスムーズに進められたのはディルのおかげなのよ。だって今日あたしたち、目的の相手以外とは遭遇しなかったでしょ？」

「そ、そういえばっ……！　先生の完璧な案内のおかげなんですねっ！」

「うるせぇ」

「もう、折角褒めてくれているんだから、素直に受け取ればいいのに」

「それより子うさぎ、今日言ったことを次の実技から意識しろよ」

ダンジョン内での授業は、座学と並行して何回も行われる。

「は、はいっ！」

「よし。じゃあ帰るか」

ディルが保管していた肉は、既にモネに渡してある。

役目は果たしたので、あとは帰宅するだけ……と思っていたのだが。

「何言ってるのよ。このモネが、恩人をただで帰すわけないじゃない。二人とも、食事会に招待するわ」

「えぇっ、いいのでしょうか？」「断る」

アレテーとディルはほぼ同時に、真逆の返事をした。

「俺は借りを返しただけだ。これで貸し借りなし、終わりだ」

借りを返したことへのお礼なんてものを受け取ったら、話がややこしくなる。

「そう。じゃあ今回の件とは関係なしに、友人として招待するわ」

ディルは大人数で食事をとるのが得意ではない。

ふと横を見ると、行きたくてうずうずしているアレテーがいた。

「……タダ飯を断る理由はないか」

「決まりねっ」

何故《なぜ》か、モネは嬉《うれ》しそうな顔になった。

彼女に案内されるまま、二人は目的地の孤児院へと向かう。

進んでいく内、どんどん治安が悪くなっていくのが分かる。

それは建物の外観であったり、土がむき出しの道であったり、ゴミや瓦礫《がれき》が散らかっている点だったり、路上生活者の数だったり、見るからに荒くれ者といった風体の者たちの姿だったりと、分かりやすい。

不安になったのか、心なしアレテーがディルに近づいてきているような……。

「大丈夫よレティ。あたしといれば危険なことなんてないから」

「一人では来るなよ。身ぐるみ剝がされた挙げ句、売り飛ばされるからな」

「あわわわわ……」

「失礼ね。人身売買組織はもう潰したわよ」

確かに、モネの尽力でこの周辺は以前よりもずっとマシになった。

しばらく歩くと、修繕に修繕を繰り返したような、古びた建物が見えてくる。

「出来ることなら、みんなをもっと安全な場所に住まわせてあげたいのだけどね」

「家がなくても死なないが、飯を食わなきゃ死ぬ。優先度の問題だろ」

自分の育った孤児院の子供だけを、今より良い環境に移すことは出来るだろう。

だがモネはより多くに手を差し伸べようと活動している。

日々の糧《かて》に苦しむ者が多くいる中で、衣食住の『住』を充実させる選択は難しい。

「所長からの寄付もあって、うちの子たち、最近は一日三食食べられるようになったのよ。

本当にありがたいわ」

「さすがは我が幼馴染《おさななじみ》だな」

「でも、不思議なのよね。確かに所長は慈善活動でも知られる人だけど、あたしがお礼を言いに行った時ね、『自分の提案ではない』と仰《おっしゃ》ってたのよ」

「どうでもいいだろ」

「うちを助けるように言ってくれたのは、誰なのかしら」

彼女が、温かい眼差《まなざ》しでディルを見ていた。

ディルはそれに気づかないフリをする。

「さぁな。助けたのはリギルなんだろ？」

「ふふ、そうね」

錆《さ》びた門の前につくと、庭の方から様々な種族の子供たちがやってくる。

人の姿に動物の耳や尻尾などを備えた亜人だけでなく、オークやゴブリン、ミノタウロスなど多種多様だ。

「モネ姉《ねえ》！」「モネ！」「モネねぇちゃん！」「モネおねえさま！」

「呼び方統一させろよ」

「いいじゃない、好きに呼べば」

——ふむ。

ディルは悪戯心《いたずら》が湧いた。

「モネ姉、俺も養ってくれ」

いつも通り、ツッコミが入るかと思ったのだが……。

「え……？　お、お小遣いはそんなにあげられないわよ？」

何故か真剣に検討されてしまった。

「冗談だ」

「そ、そうよね！　分かってたけど！」

「モネねぇちゃん、顔赤いぞ！」「ていうか、このおっさん誰？」「ついに彼氏できたかー？」「モネおねえさまに近づく男……消す必要が……」

「こらこら、失礼なこと言わないの。こちらはディル教官、あたしの先生よ。こっちはレティ、新しい友達。二人とも、お肉獲るのに協力してくれたんだから」

「肉――――！」

と、子供たちの叫びが重なる。

その後、食事を待っている間に施設の案内をされたり、好奇心旺盛な子供たちにダンジョンのことをあれこれ訊《き》かれたり、モネに近づくなと子供らしからぬ低めの声で警告されたりと様々なことがあった。

ディルは途中で面倒くさくなり、隙を見て離脱。

庭に生えている木を発見、しばらく木の上に姿を隠すことを決める。

そこで、モネの言ったことを考える。

最初、アレテーの担当をしたくなかったのは本当だ。

それが今は、モネにからかわれるくらいには、面倒を見ている。

――深淵《しんえん》なんて行ったところで、良いことなんかないってのに。

深淵で何があったか。あそこで一体、何を得られるのか。

本当のところを話せば、アレテーは諦めるだろうか。

分からない。

そもそも、ディルはあそこでの出来事を人に話すつもりはなかった。

そう。

深淵はある。

それは、その存在を信じる者たちが期待するようなものではないけれど。

「先生ーっ！　ご飯が出来たそうですっ！　もう、匂いが、匂いからして美味《おい》しそうなんです！」

うるさい子うさぎの声がする。

ディルは木から飛び降りて、声のする方向へ向かう。

「お前、モンスターの肉は食いたくねぇんじゃないのか？」

「うっ……く、食わず嫌いはよくないと思うのです」

「そうかよ」

暴食領域で獲れる食材の誘惑に抗《あらが》うのは難しい。

「行きましょうっ！　みなさん先生をお待ちです」

「分かったよ」

「先生のおかげで採れた果物もあるんですよ？　子供たちにいっぱい感謝されてしまいました……えへへ」

「そりゃよかったな」

「はい！」

自分がアレテーという少女に何を期待しているのか、またはどこかを気に入ったのか、ディルにはよく分からなかった。

◇

モネやアレテーと肉を狩った数日後。

その日、ディルは珍しく職員室で悩んでいた。

大抵は寝ているので、他の教官たちから物珍しそうな目で見られている。

「ディル先輩！　何かお悩みで⁉」

向かいに座るオーガの教官が、元気よく立ち上がって尋ねてくる。

アレテーたちのクラスが初めて探索才覚《ギフト》を使った授業で、引率だった教官の一人だ。

「……あぁ、悩んでるよ。いつの間にか熱血くんが俺のことを先輩と呼んでいるのはなんでなんだろうってな」

「あれ？　ダメでした？　モネ教官もそう呼んでいるので、つい！」

「ダメとか以前に不気味なんだよ」

「オレ、ディル先輩のこと誤解していました！　アレテーさんでしたか、失敗したあの子のことも見捨てず、彼女の能力と心に合った方法を教授し、ダンジョンでの生き残り方を指導する！ まさに教官の鑑《かがみ》です！」

「まずお前ね、声が大きいんだよ。正面にいる相手に叫ぶ必要あるか？」

「はっ、すみません！ 気をつけます！」

「直ってねぇし」

「オレ、先輩には感謝してるんです！ アレテーさんがモンスターを撃退した時、本当ならオレがすぐに反応して氷結で捕まえるべきだったんです！ でも予想外の出来事に一瞬固まってしまい……！」

「モネのおかげで、なんともなかっただろ」

「そうなんですが、そこではなく！ 先輩、オレを庇《かば》ってくれたじゃないですか！」

「あ？」

そういえば、と思い出す。

モンスターが逃げ出すことを予期しながら、生徒たちの反応を試したくて見逃したことを。

そして、そのことをさり気なく隠すべく、オーガの教官の責任ではなく教官全員のミスだと発言し、そう印象づけたことを。

それを、彼はディルが自分を庇ったと思っているようだ。

「……まぁ、気にするな。あれはお前の所為《せい》じゃない」

「いえ、モンスターを捕らえておくのはオレの役目だったので、一旦解いたにしても逃げたならオレの責任です！　でも、ありがとうございます！」

ディルは途中から耳を塞いでいたが、それでも彼の声は鼓膜を揺らした。

「分かったから、静かにしてくれ」

熱血オーガが二言三言発言したのちに着席したのを見て、ディルは耳から手を離す。

「オウガくんは今日も元気がいいわね」

ディルの右隣の席には、人妻アルラウネが座っている。

この女性も、引率の一人だった。

——熱血くん、オウガって名前なのか。オーガのオウガ……。

「うるさくて敵《かな》わん」

「いつもはそれでも熟睡しているでしょう？　今日はどんな悩み事？」

すすす、と彼女が身を寄せてくる。

甘い蜜の匂いが香り、彼女の体温が身近に感じられた。

「あんたもか……なんだって急に俺に構うんだ」

正直、放っておいてほしい。

ディルは人付き合いが苦手なのだ。

「最近のディルくん、良《い》い感じだもの。みんな気になってるのよ」

彼女の緑の長髪がうねり、ディルの胸もとをつつつとなぞる。

「……友好種の捕食は法律で禁じられてるぞ」

「もうっ、意地悪ね。食欲とは別の興味よ」

かつて、アルラウネはその色香で人間の男を惑わし、捕食すると言われていた。

現代では、友好を結んだ種族を傷つける行為は、人が人に対するものと同じように裁かれる。

「ディルセンパイは、実技試験のことで悩んでいるんですよ」

いつの間にか、背後にモネが立っていた。

ディルの胸をくすぐるように撫《な》でていたアルラウネの髪を、モネがわしづかみにする。

「痛っ」

「お戯《たわむ》れもほどほどに。旦那様が悲しみますよ？」

スラム街の荒くれ者たちも縮み上がる『聖女』の眼光に、アルラウネは冷や汗をかく。

「そ、そうね。じょ、冗談はここまでにしようかしら」

髪を解放されると同時に、アルラウネがディルから距離をとった。

「邪魔者を追い払ってくれたことを感謝すべきか、腕に当たっていた胸の感触が遠のいたことを嘆くべきか……」

「おバカなことを言わないの」

ディルの左隣がモネの席だ。

元々は別の教官のものだったのが、どういうわけかいつの間にかモネの席になっていた。

「それで？　今回は何人落とすつもりなの？」

ディルが悩んでいたのは、そこだ。

あと数回の授業を終えれば、生徒たちは筆記と実技の試験を受けることになる。

それ以前の問題として、試験に進む資格があるかどうかを判断する必要がある。

筆記は知識を詰め込めばなんとかなるが、実技はそうはいかない。

これまでの授業を通して、ディルには生徒たちの適性が大方見えていた。

ダンジョンでやっていける者と、そうでない者だ。

そうでない者に免許を与えるわけにはいかない。

ラインギリギリの者をどうするかというのもあるが――。

「それとも、レティのこと？」

「……あの子うさぎがどうした？」

「あたしとは逆よね。能力は当たりなのに、本人の心の問題で使い方が制限される」

モネは能力こそ外れだったが、本人の意思と努力で活路を見出《みいだ》した。

「それでもやっていけるなら、問題はない」

少なくとも、第一階層探索免許に関しては基準を満たしていると言えた。

「そうね。あの子、純粋であなたの嘘《うそ》によく騙《だま》されるのが心配だけど、呑《の》み込みも早くて優秀だわ」

「俺は、自ら悪者となることであいつに世間の厳しさを――」

「あたしは騙されないから」

「……正直、早々に諦めるもんだと思ってたんだがな」

深淵を目指す。一度行ったことがあるディルに師事すればその近道。

そんな考えで周囲をうろちょろされるのは不快だった。

向こうから諦めれば、リギルとてしつこくは言わないだろう。

だがアレテーは、時に理不尽なディルの指示にも、文句一つ言わず取り組んだ。

常に全力で、一生懸命。

少なくとも、誰かの死から目をそらすために深淵を目指す者とは違う。

確固たる意志を持って、死者の蘇生《そせい》を目指しているのだ。

もしかすると、ディルが悩んでいるのは。

彼女に免許を与えることで、叶《かな》わぬ道へと歩み出すことを、後押ししてしまうことになるのではないかと危惧してのことか。

あるいは――。

◇

数日後。

「最初にも言ったが、座学は今日で終わりだ」

ディルはふと壁の時計を確認する。

「……授業が終わるまでまだあるな。あーじゃあ、最後に、なるべく長生きするコツを教える。長く探索者を続けるってことは、長く稼げるってことだからな」

リギル・アドベンチャースクールでは、二つのコースを選ぶことが出来る。

三週間ほど、ほぼ毎日朝から夕方まで授業を受け、短期間での免許取得を目指すコース。

この場合、クラス単位で動くことになり、クラスを担当する教官がつく。

もう一つは、免許取得に必要な授業を自分のペースで受講していくもの。

アレテーたちは前者にあたる。

教官としても、しばらく面倒を見ていればある程度の愛着が湧いたりするものだ。

しかし、ディルの態度はいつもと変わらない。

「まず第一に、モンスターに真っ向勝負を挑むな。お前らは冒険譚《たん》の主人公じゃない。安全を第一に考えろ。少しでも危険を感じたら諦めろ。逃げるのも戦術だ」

真面目に聞いている者、聞き流している者、反発を覚えている者と生徒の反応は様々。

「次に、アイテムに固執するな。無理は禁物だ。それと、宝箱なんかもな、期待すんな。それ含めてトラップってパターン、苦労に見合わないガラクタってパターンもある」

ディルはただ、思ったことを伝えるだけ。

どう受け取るかは生徒次第。

「最後に、同業者含め他人を簡単に信じるな。上手《うま》い話には裏があると思え。親切なやつは自分を騙そうとしてると思え。ダンジョン内で会ったら襲われると思え」

未来に希望を抱いている者に、ネガティブな言葉は響かない。

だが、暗い現実は厳として存在するのだ。

「そんなもんか。筆記と実技両方に受かれば、晴れて探索者だ。まぁそもそも受ける資格があるかどうかを、まだ考えてる最中なんだが」

生徒たちに緊張が走る。

同時、終業の鐘が鳴った。

「つーわけで、おつかれ」

そう言い残し、ディルは教室を去る。

◇

後日。

「納得いかないわ！」

猫耳の少女フィールが、受付で喚《わめ》いていた。

その日の受付担当がオークの中年女性ならば無視しているところだったが——。

「あのぅ、すみません、そういったご要望には添えません……」

受付でびくびく震えているのは、羊の角を持つ亜人の少女だった。

——む。

ディルは紳士とは縁遠い人間だが、そんな彼でも最大限の敬意を持って接する人間が数人いた。

彼女は、その内の一人。

リギル・アドベンチャースクール最寄りの宿泊施設——『白羊亭《はくようてい》』の看板娘、ムフだった。

『白羊亭』の亭主は、ディルとリギルが初めてこの街に来て右も左も分からなかった頃、世話してくれた恩人だった。

プルガトリウムに来てからだと、最も付き合いの長い人物なのである。

ムフ自身も幼い頃からよく知っている。幼馴染《おさななじみ》も同じ。

「こら、元教習所の姫、うちのムフに怒鳴るんじゃない」

涙目で震えていたムフは、ディルを視界に捉えると安堵《あんど》の表情を浮かべる。

「ディル兄さ……教官」

「よぅムフ。クレーマーの対応ご苦労さん。あとは俺に任せな」

彼女のもふもふな髪をぽんぽんと撫で、後ろに下がらせる。

「ディル教官！　アンタでしょ、アタシのこと『試験への参加資格なし』って判断したの！」

「落ち着けよ」

「バッカじゃないの!?　こっちは大金払ってんだけど！　アンタの気分一つで試験も受けられないとか詐欺だから！」

「はぁ、面倒だが説明してやる。まず、うちのシステムについては事前に説明してある。

承諾した上で受講を決めたんだから、免許がとれず金が無駄になっても詐欺じゃない」

「嫌がらせでしょ！　アタシが気に食わないからって、最低！」

「まず、お前のことはどうでもいい。好きでも嫌いでもないって意味な。それでも生徒だ、探索者に向いてるかどうかは、真剣に判断しなくちゃならん」

「アタシのどこが向いてないのよ！」

フィールの能力は『圧縮された水の刃《やいば》を生み出す』もの。

「能力は悪くないが、射程が短い。それを補う努力をしていない。遠距離タイプの戦い方をそのまま自分に適用しようとして、無理が出ている。正確性と冷静さがあればまだなんとかなったが、それもない。もちろん、それを改善しようともしていない」

「ぐっ……偉そうに！　近づいてきたモンスターをぶっ殺せればそれでいいじゃない！」

「……うちの授業では、常にモンスターと一対一だったろ。その時点で、お前は数発打ってようやく一発当たるって程度だった。実際の探索であんな派手に戦ってると、すぐに敵に囲まれるぞ。あの精度でどうやって突破するつもりだ」

「うっ……。そんなもの、免許とってから、比較的安全なエリアで鍛えればいいでしょ！」

「練習する時間は与えた筈《はず》だ」

教習所は探索才覚《ギフト》訓練のための授業も用意していた。

その時間を使って、能力の精度を高めることは出来た筈だ。

問題点は、教官陣が指摘してくれていたのだから。

「じゅ、充分じゃなかったのよ！」

「その時点で、うちが設けた基準に達してないってことだ。よそは知らんが、うちで免許をとるのは難しいって話、お前も聞いたことあるよな」

わざわざここを選ぶのは、最高の教育を求める者か、箔《はく》付けを狙う者。

「～～～っ！　話にならないわ！　上司を出してよ！」

「おう、そうしよう。ムフちゃん、リギルのやつを――」

「リギル兄さ……所長は、探索です……」

「ちっ。そういうわけだ、帰れ」

「ふざけないで！」

キンキンと響くフィールの声に、ディルは頭痛を覚え始めていた。

そこに、モネが現れる。

「フィールさん、だったかしら。周囲の迷惑よ、お静かに願えるかしら」

「モネ教官！　聞いてくださいこの男が――」

「はぁ……。ディルセンパイが言わないのであたしが言うけれどね、センパイの一存であなたが試験を受けられなくなった、という事実はないわ」

「な――」

「最終的な判断は教官数名で行うことになっているのよ。ダンジョンでの授業の時、あたし含め何度か顔を合わせた教官たちがいたでしょう？　みんなの意見を聞いて決めるの」

フィールの顔が、屈辱に赤く染まる。

「あなたの教官への態度は確かに最悪だったわね。けれど、それで当校が生徒を不当に扱うことは有り得ないわ。あなたは教官のアドバイスを無視したばかりか、自分の力で壁を乗り越える努力もしなかった」

「アタシは探索者になれる！　モンスターを殺せるわ！　それで充分でしょ⁉」

「凶器を振るうことは、誰でも出来るわ。正しく扱おうと努力できる者にしか、当校は免許を与えません。時間はあったのに、あなたはそれをものに出来なかった。認めなさい」

「ぐっ、あっ……。ふ、ふざけてる。こんなのってないわ」

「現実よ」

ぴしゃりと言い切るモネ。

フィールは唇を強く噛《か》み、ディルをギロリと睨《にら》んだあと、教習所を去った。

「さすがは、高名な探索者様が言うと説得力が違うな」

「……それはいいんだけど」

モネがじろりとディルを睨《ね》めつける。

「なんだよ」

「それ、何してるのよ」

ディルは途中から手持ち無沙汰だったので、ムフの頭を撫《な》でていたのだ。

ムフは困ったような顔をしているが、嫌そうではない。

「スキンシップだ」

「……ふ、ふぅん？　へぇ？　そうなんだ？　あ、あたしはされたことないけど」

「ムフの髪の、もふもふ感がいいんだ」

「さ、サラサラの髪じゃダメってわけ⁉」

「何を怒ってるんだお前は……。俺がお前の髪を撫でたらセクハラになるだろう」

「ムフさんはどうなのよ」

「ディル……教官は、兄のようなものなので……」

「くっ」

何故《なぜ》悔しそうな顔をするモネ。

——少しばかり、気がかりだな。
今回、試験を受ける以前の問題と判断されたのは、七名。
フィールを筆頭とする三人組は全員そこに含まれる。
——バカなことを仕出かさないといいんだが……。

第四章

反面教師と子うさぎとダンジョン

A teacher by negative example
in the training school
for dungeon of mortal sin.

その日、アレテーは珍しく無口だった。

言葉数が少ないだけでなく、落ち込んだ様子でもあった。

夕食後、片付けを済ませたアレテーがどんよりした雰囲気を纏《まと》ったまま、自分の部屋に戻ろうとする。

「おい」

「はい、先生……」

応える声にも元気がない。

「言いたいことがあるなら言え」

「い、いえっ、先生がたも、お仕事だというのは分かっているので」

「猫耳娘たちのことか？　言っとくがな、試験前にふるいにかけるのは生徒の安全のためだぞ。最終試験は、教習所によっては毎年死人が出るほど厳しいものだ。うちはギリギリまで見極めて、無理そうなやつにはそもそも受けさせないって方針なんだ」

金を受け取り、最低限の授業を受けさせ、危険な最終試験に送り出し、あとは自己責任。

そういうアドベンチャースクールも少なくない。

そもそもそういったアドベンチャースクールに反感を覚えたリギルが、生徒を想《おも》い、彼らが免許取得後も長く探索者として活動できるようにと、自分の教習所を設立したのだ。

「分かっています。それでも、悲しいです……」

「お前……。お人好《ひとよ》しもいいがな、明日もこの調子なら試験は受けさせないぞ」

「……！　コンディションが最高でなければ、ダンジョン探索は休むべき、ですね。分かっています」

アレテーは大きく深呼吸し、瞬《まばた》きを数度繰り返す。

「わたし、頑張ります。どうしても、深淵《しんえん》に行きたいから」

「なら、今日はもう寝ろ」

「はいっ！　おやすみなさいませ、先生！」

元気よく挨拶したアレテーは、最後には笑みを浮かべて去っていった。

少し無理した様子だったが、うじうじと悩むよりは切り替えようとしているだけずっと良《い》い。

ディルも寝支度を整えると、ベッドに潜り込んだ。

試験資格なしと判断された生徒たちのことを、一瞬考える。

──探索者になろうと心に決めても、実際に体験してみて無理を悟る者はいい。

──だが、明らかに向いていないのに、自分でそれを認められない者は、危険だ。

そういった者たちを狙って、違法なダンジョン探索を持ちかける者もいるのだ。

「面倒くせぇ……」

ディルは、自分が落とした者のその後についても、可能な限り確認していた。

別の仕事を見つけられたか、犯罪の道に落ちてはいないか。

後者ならば、止めねばならない。

猫の亜人フィールたちについても、後日それとなく確認するつもりでいた。

特にフィールは、しばらく荒れそうだ。

「今はまず、あいつらか……」

子うさぎことアレテーも、メガネくんことタミルも、試験資格ありと判断された。

明日、彼らが本当に探索者になれるかが試されるのだ。

◇

「改めて、試験内容の説明をするわ」

ダンジョン第一階層。

入ってすぐの草原エリア。

生徒の視線を集める金髪のハーフエルフ、モネが、実技試験の内容を説明する。

ディルが言わないのは、出発前にも言ったことをまた説明するのが嫌だったからだ。

面倒事は新人に押し付けられるものなのだ。

反面教師として、悪《あ》しき習慣をしっかり継承するディルだった。

「最終試験は、これまでとは比べ物にならない危険度よ。柵もなければ、あたしたちが助けられる保証もないわ。返金は出来ないけれど、辞退は受け付けているから。無理そうなら、申し出てね」

内容はシンプルだ。

自力で、成果を持ち帰ること。

肉なり果物なりだ。

場所は安定空間の範囲のみ。制限時間は二時間。

「ちなみに、事前に承認された生徒以外は、単独での探索しか許されていないから気をつけてね。それと、ないとは思うけど他の人の獲物を奪ったりとか、事前に収納空間に隠していたものを提出とか、そういう行為も禁止。こちらには真偽を見抜く天眼鏡《ルーペ》があるので、虚偽の申告などは考えないこと」

なんとか試験に受かろうと、色々と画策する者はいる。

幸いにも、リギル・アドベンチャースクールの生徒では稀《まれ》だった。

「不安も大きいでしょう。恐怖に身が竦《すく》むことでしょう。けれどどうか思い出してね、あなたたちにはこの試験を突破する能力があるのだと、当校は判断したのよ」

モネがディルを見た。

「では最後に、あなたたちの担当教官であるディル教官から一言」

――聞いてないぞ。

しかし振られてしまったものは仕方ない。

「あー……俺が今まで言ったことを、もしお前らが実践できたなら、全員合格できるだろうな。どうだ？　出来そうにないってやつは今言ってくれ」

辞退を申し出る生徒はいない。

「よし、行ってこい」

最終試験が、始まった。

◇

「大丈夫かしら……」

モネの心配そうな声。

老ドラゴニュートの教官を入り口付近に残し、今日のために集まった他の教官たちは安定空間に散らばっていた。

試験は失格になるが、助けを求めれば近くの教官が駆けつける。

また、命の危機に陥ったと判断した際は、教官が介入する。

「どうだかな。俺はあっちに行く、お前はそっち頼むわ」

途中まで一緒に歩いていた二人だが、モネに草原を任せ、ディルは森に踏み入ろうとした。

「ふふ、レティが心配なのね？」

「んなわけあるか」

「あなたが生徒思いなの、バレてるから」

「勘違いも程々にな」

「そんなこと言うわけ？　だってあなた――」

モネの声は、突如響いた叫び声に掻《か》き消される。

ディルとモネはすぐに声の方向へと視線を向け――絶句した。

草原の向こうから――モンスターの大群が押し寄せていた。

やつらの先頭を走るように必死に逃げている者に、ディルは見覚えがあった。

「……あのバカ共」

猫の亜人の少女、ネズミの亜人の少年、サハギンの三人組だった。

「ちょっと、なんであの子たちが⁉」

「分かりきってるだろ。『落とし穴』を使ったんだ」

ダンジョンの入り口は、公式には一つ。

国は認めていないが、非公式の入り口が存在する。

これを公に認められないのは、認めてしまうと違法探索者を目指す者が急増する恐れがあるからだ。

というのも、『落とし穴』の発生は予測不能なのである。

突如として、地上のどこかで、地面に黒い穴が生じるのだ。

そこに飛び込むと、ダンジョンのどこかへと転移する。

そういった非公式の入り口は発見次第、国家が管理することになるが、いまだその全てが明らかになっているとは言い切れない。

全てを把握することなどほぼ不可能。

私的に『落とし穴』を保有する犯罪者の中には、探索者免許をとれなかったが最低限の心得を持つ者に声を掛け、違法探索者への道を斡旋《あっせん》する者もいる。

だからこそ、ディルは自分が落とした生徒にも気を配っていたのだが……。

——昨日の今日だぞ⁉　早すぎんだろバカ！

「試験は中止だ。他のやつらに声掛けながら入り口まで撤退しろ！」

「あなたはどうするのよ！」

「子うさぎ捕まえたらすぐに行く！」

「……絶対よ！　間違ってもあの大群に突っ込んだりしないでよね⁉」

「それじゃ自殺だろうが」

だが、そうしなければあの三人はじきに追いつかれて踏み潰されるか食い殺されるだろう。

ディルは視界上にアレテーの現在地までのルートを表示し、森を駆ける。

アレテーはすぐに見つかった。

リスが彼女の肩に乗り、彼女が反対側の手でポーチを受け取る。

彼女の傍《かたわ》らには、狼《おおかみ》が控えている。

「あっ、先生！　見てください！　わたし、やりました！」

以前の問題点に対し、護衛の動物を別途用意するという解決法を見つけたようだ。

複数の動物を使役する、という技術の向上も見られる。

「おう、そうか。取り敢《あ》えずついてこい」

アレテーは首を傾《かし》げたが、走り出したディルをすぐに追いかけた。

「あ、あのっ、先生っ、何かあったのですか？」

「簡単に言うと、モンスターの大群が草原から入り口に向かって移動してる」

「えぇっ⁉」

「モンスターはダンジョンの外には出てこないが、今問題なのは生徒たちだ。俺たちにはお前らを逃がす責任がある」

「は、はいっ」

切迫した状況であると理解したのか、アレテーは真面目な顔で頷《うなず》く。

「……なんだが、俺は今からお前に無茶を言う。というのもだ、お前も知ってるアホ三人組が群れに追われてる」

「え？」

「元教習所の姫と愉快な騎士たちだ」

「ふぃ、フィールさんたちがですか⁉　えっ、でも――」

「その疑問はあとだ。とにかく、他の教官も生徒も、近くにいる他の探索者も、三バカを助ける余裕はない」

「………」

「このままだと、極めつけのバカであるあの三人は死ぬ。アホが死ぬのはダンジョンではよくある話だが、昨日まで生徒だったやつらだ、さすがに見捨てるのは寝覚めが悪い」

「先生、わたしは何をすればよいのでしょうか」

アレテーは既に覚悟を決めたようだ。

——気弱なくせに、人の死には敏感で、時に恐ろしいほどの勇気を発揮する。

ディルは少しだけ、彼女がそうなったきっかけが気になった。

「モンスターを殺せとは言わない。だが、やつらを助けるのに力を貸してもらいたい。いいか？」

「もちろんです、先生」

◇

「フィールちゃん、そいつを背負ってこれ以上逃げるのは無理だ！」

雷電の槍《やり》を持ったサハギンが叫ぶ。

「だからって、置いてけないでしょバカ！」

フィールはネズミ耳の少年を背負って走っている。

猫の亜人は人間より身体能力が高いが、それでも苦しそうだ。

「追いつかれたら君も死ぬ！」

「うっさい！　分かってるわよそんなこと！」

「〰〰〰ッ！　あぁクソッ！」

サハギンが反転し、槍を構えた。

「はぁ⁉　あんた何やってんの⁉」

「最初の実技で、君を見捨てて逃げてごめん」

彼は一角イノシシを前にして、腰を抜かしたフィールを置いて逃げたのだった。

「ちょっと！　バカな真似《まね》はやめなさい！」


「マジでバカだな、お前ら全員」


水で出来た、幻獣と見紛《みまが》うサイズの狼だった。

その背に、アレテーとディルが乗っていた。

駆け抜けながら、ディルは片腕でフィールとネズミ耳の少年を抱え、巨狼《きょろう》の背に乗せる。

「えっ……ディル……教官？」

「よう元教習所の姫。助けに来たのが俺で悪いな」

ディルはすぐさま巨狼の背から飛び降り、サハギンの前に立つ。

「あんた、何して――」
「黙ってろ」
ディルは無数に取り付けた収納ケースの内二つを高速で開き、中身を取り出す。
赤い液体の収まった小さな瓶を二本、左右に投げた。
それらが割れると、周囲の魔物がそちら目掛けて駆け出す。
更に正面の群れ中央に向け、小さな球体を投げ込んだ。
それが割れると煙が上がり、群れの中央でモンスターたちが昏倒《こんとう》。
後列のモンスターたちが衝突に次ぐ衝突を繰り返し、大移動が滞る。
残りは正面から迫る十数頭のみ。
こればかりは今更勢いを殺しきれるものでもない。
ディルはショートソードを引き抜き、探索才覚《ギフト》を発動。
眼前のモンスターを全て討伐可能なルートを表示。
実行する。
生徒たちから見れば――否《いな》。
生徒たちには、ディルの姿は見えなかっただろう。
気づけば大量のモンスターの死骸が転がり、その中央に、外套《がいとう》を赤く汚した教官が立っている。

そう認識した筈《はず》だ。

「えっえっえっ」

壊れたように繰り返すサハギン。

「……クソ。これやると次の日筋肉痛になんだぞ。お前らの所為《せい》だからな」

まだ動転しているサハギンを引きずり、無理やり巨狼の背に乗せる。

続いてディルも飛び乗った。

「入り口まで向かえ。俺は逃げ損ねた生徒がいないか周辺を見る」

「はい！」

アレテーが頭を撫《な》でると、巨狼は勢いよく駆け出した。

水の動物なので、もふもふの毛並みとはいかない。

たとえるなら、潰れないスライムのようなものだろうか、とディルは思った。

「お前らが『落とし穴』の持ち主に目をつけられたのは想像がつく。儲《もう》けの何割かを渡すなら使わせてやるとでも言われたんだろう」

「……もう一度お金貯《た》めて、ちゃんと免許をとるつもりだったのよ」

「そうかよ。で、あの群れはなんだ」

「入ったら、洞窟みたいなところに出て……。でも、第一階層に洞窟エリアはない筈でしょ？　しばらく歩いたら……うっ……」

何かを思い出したのか、フィールは吐き気を堪《こら》えるように口許《くちもと》を押さえた。

「洞窟……？　……まさか、発生源《プラント》に繋《つな》がってたのか」

「ぷらんと……？」

「俺も実物は見たことないが、モンスターを生み出す隠されたエリアがあるって噂《うわさ》だ。あいつら生殖活動しないのに数が減らないだろ。どっかで作られて補充されてんじゃないかって説がある」

隠されているエリアならば、探索者に開放されているエリアとは表現世界《テクスチャ》が異なっていることも有り得るだろう。

「き、きっとそれよ……。大きな、内臓みたいな、ぐちゃぐちゃ蠢《うごめ》くキモいのが沢山あって……そこからモンスターが……」

ちょうど生まれるタイミングだったのか、侵入者の気配を察知したダンジョンが生成を早めたのか。

どちらにしろ、大群は埋め込まれた本能のままに、三人を食い殺そうと走り出したわけだ。

「隠しエリアから開放エリアに出る通路がある筈だな？　それを通って逃げてきたのか？」

こくこくと、フィールが頷く。

それでディルたちに見つかるまで逃げてこられたのだから、運が良い。

「先生！　そろそろ到着しますっ！」

前方を見れば、ディルたちを待っているのか、モネの姿があった。

「おう、このまま向かっていい。逃げ遅れた生徒はいない」

「よかった……っ」

心底安堵《あんど》した様子のアレテー。

「無免許でダンジョンに入るのは、とても悪いことですが……でも、三人ともご無事で本当によかったです……！」

アレテーの喜びの笑顔に、フィールとサハギンの元生徒は何を思ったのか。

ネズミ耳の少年は、まだ気を失っている。

「この子うさぎに感謝しろよお前ら」

「そ、そんなっ。助けようと仰《おっしゃ》ったのも先生で——あひゅうっ⁉」

脇腹をつつくと、アレテーから素っ頓狂な声が上がった。

それと同時、巨狼がグラつく。

「余計なことを言うな」

「あ、危ないですよぅ！　能力、解けちゃうかと思いました……」

「気をつけろ」

「……うぅ」

ディルの理不尽さにも慣れてきたアレテーだが、抗議の視線を送ってくる。

ディルは無視した。

まだ背後にモンスターの群れの姿があるが、五人とモネが外に出る時間はあるだろう。

数日も経《た》てば、モンスターはそれぞれに設定された行動範囲に合わせて散らばっていく筈だ。

「よかった！　無事だったのね……って——やっぱり」

モネのところに辿《たど》り着いたところで、巨狼が水に戻って消えた。

「やっぱり助けに行くと思ってたわよ」

「俺じゃない。子うさぎが勝手に飛び出したんだ」

「はいはい。とにかく行くわよ」

ネズミ耳の少年はサハギンが背負い、彼が『蜘蛛《くも》の垂れ糸』に触れることで姿を消す。

今頃地上に戻っている筈だ。

フィールがそれに続き、アレテーの番になって、それは起きた。

「え」

彼女の足元に黒が広がっていた。

それは底が見えないほど深く、狙いすましたように彼女の真下に出現した。

どこへ落ちるともしれない、突発的な転移ゲート――『落とし穴』だった。

「レティ……‼」

モネが手を伸ばすが、アレテーを摑《つか》むことは出来ず空を切る。

「先生……」

――子うさぎは助からない。

どの階層に落ちるかは不明だが、今のアレテーは第一階層の安定空間が精々の能力しかない。

ダンジョンは階層ごとにまったくの別物と化すこともあり、今の彼女で対応できるとはとても思えない。

アレテーは死ぬ。死体はきっと見つからない。仮免許だけが、いつか誰かに拾われるかもしれない。

これが、彼女を見る最後の瞬間だ。

そこまで、頭が回っていたのに。

ディルは気づけば、『落とし穴』に飛び込んでいた。

「ディル‼」

落下しながら、モネに言伝《ことづて》を頼む。

「リギルを呼べ」

次の瞬間、視界が黒に染まった。

◇

なんだか、顔が温かい。

温かい雨が降っているみたいだ。

目を覚ますと、涙をボロボロ流すアレテーが視界いっぱいに広がった。

「ぜんぜぇ……！」

どうやら、アレテーに膝枕されているようだった。

ディルはすぐさま起き上がり、周囲を確認。

薄暗いが、視界はなんとか確保できている。

洞穴か何かのようで、高さは人が立てるほど、奥行きはそうない。見える位置に行き止まりが見える程度だ。触ってみる。岩のような質感。

「先生っ、ごめんなさいっ、わ、わたしの所為で！」

「うるさい泣くな。それよりお前、怪我《けが》は？」

「ありまぜぇん……！」

「俺もだ。落ちてどれくらい経った」

「わ、わたしは、先生が起きる十分くらい前に、目を覚ましました」

「外を見たか？」

彼女は首を横に振った。

涙の粒がぱらぱらと散る。

「見てくるからここで待ってろ」

洞穴を出ると、そこは——地獄だった。

いや、違う。

第四階層・憤怒《ふんぬ》領域。

表現世界《テクスチャ》は火山。

眼下をマグマの河が流れ、頭上高くは赤茶色のごつごつとした火成岩で覆われている。

赤く照らされた地下空間は、ここが安全でこれが観光なら、感動を覚えるほどに幻想的で、美しい。

しかしここは危険地帯で、これはダンジョン探索だ。今となってはダンジョン遭難と言っていい。

ディルは洞穴の中に戻る。

アレテーは不安からか、震えていた。

「実は、俺は気休めを言うのが苦手なんだが」

「は、はい……」

「俺たちが生きて戻れる可能性は、かなり低い」

じわり、と彼女の瞳が水気を帯びる。

「ごめんなさい、先生。ごめんなさい……」

「おい、低いと言ったんだ。ゼロじゃない」

ぱちくり、と彼女が瞬《まばた》きをする。

「まず、第四階層の安定空間を目指す。分かるか、安定空間」

「だ、ダンジョンは、たまに、地形が変わります。でも、何度変化が起きても、ずっと変わらないエリアがあって、それを安定空間と、言います」

洟《はな》をすすりながら、涙声で説明するアレテー。

「そうだ。『蜘蛛の垂れ糸』も『黒い丸穴』も、変化の度に位置が変わる。だが安定空間にあるものだけは、ずっとそこにあるわけだ。自力で戻るにしろ助けを待つにしろ、そこを目指す」

「せ、先生も所長も、かつて通っていて馴染《なじ》みのあるルートだから、でしょうか……」

「そうだ、頭が回ってきたみたいだな。一旦既知のルートに入れば、あとは俺の能力と経験でなんとか戻れる……可能性がある」

「かのうせい……」

「絶対死ぬって状況よかマシだろ。リギルのやつも救出部隊を出す筈《はず》だしな」

「は、はいっ。そうではなくて、その……わたしを助けようとしなければ、先生は無事に戻れたのに、と……」

彼女の顔が罪悪感に歪《ゆが》む。

「それはお前が考えることじゃない」

「そんなっ。だって、落ちたのはわたしで……」

「見捨てりゃいいのに、追ったのは俺だ。お前が責任を感じることじゃない。というか、鬱陶しい」

「うぅ……」

ディルは彼女の白い頰を両手で挟んだ。

「むぎゅっ」

彼女を正面から見据える。

「よく聞け、アレテー。二人で生還するには、まともな状態のお前が必要なんだよ。俺を助けるつもりがあるなら、うじうじしないで泣きやめ。水分の無駄だ」

「…………」

「出来るか？」

「……ます」

「あ？」

「で、出来ます！　わたし、頑張ります！」

「それでいい」

ディルは、ニッと笑った。

それから、彼女を睨《にら》む。

「あと、うるせぇ」

「はっ、すみませんっ」

慌てて口許《くちもと》を押さえるアレテー。

「じゃあ説明するぞ、よく聞け」

生きて帰るべく、ディルは口を開く。

「お前にはだいぶ早いが、状況が状況だから説明するぞ。第四階層・憤怒領域。表現世界《テクスチャ》は火山。思ったほど暑くないだろ？　ダンジョン側が、探索者の活動を妨げないために調整してるとか言われてるな。だがマグマの河には落ちるなよ、上がってこれなくなる」

「は、はいっ」

緊張した様子で頷《うなず》くアレテー。

「モンスターがこっちに襲いかかって来るのは第一階層と同じだ。向こうのは食うつもりで襲ってくるが、この階層のやつらは、ただ殺すために襲ってくる」

「……は、はい」

「それと、この階層の最悪なところは、長時間いると正気を失うってところだな」

「えっ⁉」

「この階層のモンスター共は、とにかく怒り狂ってる。普段は同士討ちしてるくらいに、破壊衝動を抑えきれないんだ。で、探索者も長くいると影響を受ける」

「お、怒りっぽくなってしまうのですね……」

「……まぁ、そうだな」

アレテーが言うと、深刻度が薄れる気がする。

「普段は理性で抑えてるところを、我慢できなくなるって感じだ。ここが見た目通りクソ暑かったら探索者も気をつけて早めに引き上げるが、そうじゃないから性質《たち》が悪い」

徐々に理性が蝕《むしば》まれていく領域が、第四階層。

「お前、またデカい狼《おおかみ》出せるか？　出せるよな」

「お、お任せくださいっ！」

「よし、これで移動速度が格段に上がる。基本方針は、モンスターとの戦いを極力避けることだ。一気に駆け抜けて、上の階層に上がる。怒り狂ったモンスターよりは、エロいサキュバスの方がいいからな」

第三階層・色欲領域にはサキュバスを模したモンスターが出現する。

「え、えっちなのは、ダメなんですよ……？」

ようやく、いつも通りの会話が出来るようになってきた。

良《い》い兆候だ。

「まぁ、モンスターのサキュバスの誘惑に乗ったら、干からびて死ぬのがオチだしな」

「そ、そうなのですね……」

アレテーは顔を赤くしている。

死の恐怖や罪悪感以外の感情を抱けるようになっていることを、ディルは確認する。

「よし。俺の作戦のおさらいだ。方針は？」

「先生とわたしで狼さんに乗って、一気に安定空間まで行きます。モンスターさんとは、なるべく会わないよう、こう……頑張ります！」

「俺が指示する通りに狼を動かせば大丈夫だ」

その時、すぐ近くで雄叫《おたけ》びが聞こえた。

ずしん、ずしんと大地を大きく揺らしながら、足音のようなものが近づいてくる。

「……あ、あのぅ……せ、先生？」

「前言撤回だ。出発前に見つかっちゃあ、さすがに戦闘は避けられない」

「み、見つかってないという可能性は……」

「それに賭けてここで息を殺してもいいが、見つかると逃げ場なしで詰み、見つからなかったとしても時間を無駄にして正気を失う可能性がある」

「うぅ……」

「覚悟を決めろ」

「あの、先生。一つだけ、お願いをしてもよいでしょうか」

「……言ってみろ」

アレテーは、林檎《りんご》みたいに顔を赤くしながら、声を絞り出した。

「……れ、レティと、呼んでほしい、です」

「あ？」

「せ、先生が、生徒と一定の距離を保とうとされているのは、わたしも分かります。きっと、わたしなんかには想像できないくらい沢山のことがあって、そういうお考えになったんだろうな、って。でも、その……先生に名前を呼ばれると、勇気が出せる気がするんです」

——あ。

ディルは気づいた。

——そういやこいつがやたらと元気になったのは、探索才覚《ギフト》を初めて使った授業の時に名前を呼んでやった直後か。

さっきも、思えば名前を呼んだあとに返事が良くなったように思う。

ここに来て愛称呼びを要求してくるあたり、本名よりそちらの方が嬉《うれ》しいのかもしれない。

普段なら突っぱねているところだが、ディルも探索者。

心がパフォーマンスに影響することは重々承知の上。

自分の性分よりも、生存の方を優先するくらいなんてことはない。

「レティ」

「は、はいっ！」

「俺たちは生きて帰る。お前の探索才覚《ギフト》は本物だ。お前なら出来る。いいな？」

「はいっ、先生！　わたし、頑張ります！」

アレテーは、輝かんばかりの笑顔になった。

「……本当にうるさいよお前」

ディルが先導する形で、洞穴を出る。

一つ目の巨人がいた。

二階建ての建造物ほどの身長をしており、右腕だけが不自然に肥大している。

そして、そんな右腕には石の棍棒《こんぼう》が握られていた。

「ひっ……」

覚悟を決めたといっても、これを見ては心が折れても仕方ない。

アレテーは懸命に立ち向かおうとしているが、心ではなく体が敵の殺意に震えてしまっていた。

――どうにか、安心させてやらないとならんな。

ディルは首にぶら下げたチェーンを引っ張り、認識票をアレテーの方に放る。

「等級の話を覚えているか」

一つ目巨人――サイクロプスを模したモンスターがディルたちを見て、雄叫びを上げた。

「ひゃうっ……お、覚えてます……っ」

「あの時言ったよな？　等級は十三段階あるって」

ディルに渡された認識票をどう解釈したのか、アレテーはお守りのようにぎゅっと握っている。

「は、はい……」

サイクロプスは大きな足音を立てながら二人に迫る。

「個人の探索能力を国が査定して、十二段階で評価する。だが世界にこれまで十三人だけ、赤の一級より上の強さがあると認められたやつらがいる。そいつらには特別に、十三段階目――黒の階級が与えられたんだ」

「で、ディル先生っ、き、来てますっ。も、もんすたーさんがっ」

「俺の認識票を見ろ」

「えっ、で、でも」

「レティ……！」

「はいっ！」

アレテーが慌てて認識票に目を落とす。

そこにはこう記されている。

◇名・ディル
◇性別・男
◇種族・人間
◇探索才覚《ギフト》種別・深淵《しんえん》型
◇最深取得免許・第八階層探索免許

そして――。
「え――」

◇等級――黒・特級

「安心しろ。そして誰にも言うなよ。お前の教官《せんせい》は、実は強いんだ」

ディルが、伝説のパーティー所属でありながら金欠なのには当然、理由がある。

二つある内の一つは、以前サハギンの生徒が言っていたものが一部当たっている。

――『探索才覚《ギフト》がサポート特化だから、沢山の袋にダンジョン由来のアイテム入れて戦闘に使うって噂《うわさ》だね』。

パーティーでアイテムを山分けしたあと、ディルは探索に使えそうなものは売却せずに保管し、必要な加工を施した。

赤い液体は暴食領域に生息する樹木モンスターの樹液で、その匂いを嗅ぐと食欲が刺激される。

だから魔物の群れは左右に分かれた。

小さな球体に入っていたのは、怠惰領域に咲く花の花粉だ。

吸引すると凄《すさ》まじい倦怠《けんたい》感を引き起こし、すぐに意識を失ってしまう。

ディルの収納ポーチの中には、そういったアイテムが無数に隠されていた。

そして、彼が身につける装備もまた、全てダンジョン由来の特殊アイテムである。

ディルはおそらく、全探索者の中で最も装備に金を掛けている人物だろう。

単に金を掛けているのではない。

全ては、自身の選択肢を増やすため。

能力の真価を発揮するため。

——探索才覚《ギフト》、発動。

——経路表示《ルート》。

幻像が現れる。

最高の自分を、最善の選択を、最後まで維持できた場合のみ、目的の達成が叶《かな》う未確定の道筋。

——俺を案内しろ、勝利まで。

サイクロプスが狙っているのはディル。

だが戦闘に時間を掛ければ他のモンスターが集まってくる他、やつがアレテーへと狙いを移すかもしれない。

故に許されるのは、短期決戦のみ。

ディルは真横に飛んだ。

その瞬間、一瞬前までいた空間に棍棒が降ってくる。

めくれ上がった火成岩の欠片《かけら》が周囲に飛び散るが、ディルには一つとして当たらない。

かすりもしない。

ダンジョンアイテムであるディルの衣装、それに込められた常時発動型の能力は彼の動きを支える大事な要素。

動体視力、瞬発力、腕力脚力が強化されているが、ディルはそれを問題なく扱える。

更に、靴に搭載された任意発動型の能力を起動。

正確には、とある素材を加工して靴底に貼ったものだ。

それは『強欲領域』で手に入る素材を加工したもので、一時的に身体能力を強化することが可能だが、『未来の自分』に一時的な弱体化効果が現れるという副作用がある。

たとえば十秒間、自身の速度を二倍にしたとする。

その場合、未来のどこか、いつかは分からないが十秒間、自分の動きが二分の一まで遅くなってしまう。

私生活のどこかなら不便で済むが、反動が探索中に現れたら、場合によってはそれだけで死にかねない。

反動がいつ来るかは分からないので、決まった日数探索を休んで済む問題でもない。

デメリットの大きさから、使用する探索者が少ないアイテムだった。

ディルがこれを使った直近の二回は、アレテーたちの探索才覚《ギフト》発覚の日と、つい先刻三人組を助けた際だ。

目にも留まらぬ動きが可能となるが当然、その速度で動く自分の体を完全に制御する技術が必要となる。

そして、これで三度目。

——設定、二秒・三倍速。

ディルはサイクロプスが今まさに振り下ろしたばかりの棍棒に飛び移り、一気に駆け上がる。

棍棒、やつの腕、肩を通路とし、頭まで一秒で駆け抜けた。

既に右手で抜いていたショートソードの柄頭《つかがしら》を、左手で回す。

すると、刀身が巨大化し、まるで巨人の剣のように変わる。

「案内終了《とうちゃく》だ」

剣が振るわれ、サイクロプスの首が宙を舞う。

憤怒《ふんぬ》領域で手に入る武器は、凄まじい威力を誇る反面、副作用も大きい。

使い手の正気を徐々に蝕《むしば》むのだ。

自国の軍に憤怒領域の武具を配備した小国は、正気を失い怒りの感情に呑《の》まれてしまった軍によって壊滅した、なんて話があるくらいだ。

ディルはその副作用を、靴の能力と合わせて使用時間をごく短時間に留《とど》めることで低減している。

メイン武器にするには恐ろしいが、数秒の使用で精神に異常をきたすことはない。

それでも使用後は気が高ぶり、精神を落ち着けるのに別のダンジョンアイテムを服用する必要があった。

剣のサイズを戻し、ディルは着地。

この階層で獲得できる武具は、巨大な憤怒領域のモンスターに合わせたサイズをしているが、先程のように使用者の操作によって大きさを変えることが出来る。

「おい子うさぎ、平気か」

彼女の許《もと》に駆け寄ると、何やらぷるぷる震えている。

「なんだ？　漏れそうなのか？」

ディルのデリカシーのない発言にも、アレテーは顔を赤くしない。

「……ごいです」

「あ？」

「すごいです、先生っ！」

「………………あー」

アレテーの目がキラキラ輝いている。

どうやら、第四階層のモンスターと遭遇したことによる恐怖からは脱却したようだ。

だが安心だけでなく、感動を覚えたような顔になっている。

ディルは一気に面倒くさくなる。

「シュッて避《よ》けて、気づいたらビュッて高くにいて、剣がぐわぁって大きくなったと思ったらスパッて、それにシュタッて華麗に着地されていて、もうっ、もうっ……！」

「語彙力ゼロかお前」

言いながら、ディルは袋の一つから飴玉《あめだま》を取り出す。

怠惰領域由来の花の蜜から作った、鎮静効果のある飴玉だ。

「す、すみません」

「いいから狼《おおかみ》出せ」

「はいっ、すぐにっ！」

「それと認識票返せ」

「ど、どうぞ……！」

「それと、お前もこれを舐《な》めとけ。少しは落ち着くだろう」

ディルが飴玉をつまんで渡そうとすると、アレテーは「はいっ！」と口を開けた。

──入れろってのか、俺に。

不満を垂れている場合ではないので、餌を待つひな鳥のように小さな口を開けているアレテーに飴を食わせてやる。

「はむっ……甘いです！」

「そうかよ」

程なくして狼が生成される。

「出来ましたっ。こちら、すこるさんです」

ネーミングには触れないことにする。

「よし、行くぞ」

「はいっ」

◇

「先生っ……！　次はどっちに向かえばっ……!?」

ディルとアレテーが落ちたのは、安定空間から遠く離れた場所らしかった。

進めど進めど、目的地を知らせる幻像が消えない。

そして今、狼の背に乗った二人はモンスターに囲まれつつあった。

サイクロプス、ゴーレム、溶岩の河を泳ぐ巨大トカゲ、業火《ごうか》のブレスを得意とする火竜、様々なモンスターがディルたちを追ってきている。

「真《ま》っ直《す》ぐ走らせろ」

「ええっ⁉　で、でも目の前に、ご、ごつごつした岩で出来た、もんすたーさんがっ」

「ゴーレムだ。いいから行け、速度を上げろ」

「は、はいぃっ……」

ぐんっと巨狼《きょろう》が加速する。

ゴーレムがこちらに向かって手を伸ばす。

ディルは小物入れから丸められた札を取り出した。

すぐさま広げて、ナイフでも投げるように飛ばす。

それがゴーレムの手に触れると一瞬、敵の動きが止まった。

その僅かな時間で、巨狼が駆け抜ける。

動き出したゴーレムの腕は空を切り、巨狼はやつの股下をくぐり抜けてそのまま疾走。

ディルたちを背後から追っていたサイクロプスが標的をゴーレムへと移し、棍棒《こんぼう》を叩《たた》きつけた。

「よし、一体脱落だな」

「ほ、本当に、もんすたーさん同士で戦うのですね……」

アレテーがなんとも言えない顔をしたのも束《つか》の間《ま》――。

「――来るぞ、息を止めろ」

ディルは外套《がいとう》を広げ、アレテーを包み込むように抱きしめる。

彼の探索才覚《ギフト》は未来視ではない。

何が起こるかまでは見えない。

見えるのは、自分がとるべき行動だけ。

「ひゃうっ⁉　せ、先生っ――⁉」

次の瞬間、二人の上空を飛んでいた火竜がブレスを吐いた。

炎熱が二人を包み、一瞬で水狼が蒸発する。

「～～～～っ」

生きたまま業火に晒《さら》されるという初めての体験に、アレテーが震える。

だが、二人の肉も骨も、炎に焼かれてはいなかった。

特殊攻撃耐性を持つ外套のおかげだ。

巨狼が消えたことで地面に投げ出された二人は、そのまま地面を転がる。

やがて勢いが収まると、ディルは仰向《あおむ》けの状態で止まる。

胸の上には、ずっと抱きしめていたアレテーが載っている。

彼女の顔はいかなる感情からか、紅潮している。

「怪我《けが》は」

「な、ないでしゅ」

「じゃあさっさとどけ」

「びゃい！」

こりろん、と横にずれるアレテー。

ディルは立ち上がりながら火竜を捜す。

先程のブレスでディルたちが死んだと思ったのか、次の獲物目掛けて飛びかかっているところだった。

とはいえ、安心は出来ない。

数体のサイクロプスに目をつけられたからだ。

「……お前、走りながら探索才覚《ギフト》使えるか」

「ご、ごめんなさい、まだ無理です」

「巨狼を作るのに十秒か十五秒くらいだな？」

「は、はい」

「よし、作れ」

ディルは言いながら、アレテーを横抱きにする。

俗に言う、お姫様だっこである。

「せ、先生っ⁉」

「集中しろ。生死が懸かった局面だ」

アレテーの表情が、引き締められた。

「……！　はい、頑張ります」

装備で身体能力が上昇しても、肉体が別物になるわけではない。

運動量はそのまま、エネルギー消費や疲労といった形でディルにのしかかる。

「あーくそ。帰ったら一ヶ月は休暇をとる。絶対とる」

再び、ディルは靴の能力を起動する。

――設定、十五秒・二倍速。

アレテーを抱えては戦えない。

やるのは逃走。

それも、敵の攻撃を掻《か》い潜《くぐ》りながら、目的地に向かって走らねばならない。

三体のサイクロプスを神速で置き去りにしたあとも、モンスターの襲撃は続いた。

アレテーが再び作り出した巨狼に乗り、二人は安定空間を目指す。

「ごめんなさい先生、わたしが探索才覚《ギフト》で戦えれば、もっと……」

「うざい」

「ひどいですっ」

「あ？　お前はいいから狼操るのに集中しろ」

「わたし、頑張ってます！　先生はもっとわたしを褒めてくれてもいいと思います！　褒められたら、もっと頑張れますけども！」

ふんすっ、と鼻を鳴らすアレテーは、いつになく反抗的。

呆気《あっけ》にとられた際に、ディルはふと冷静さを取り戻す。

「お前何言って——いやそうか、俺もおかしくなってるな。くそ、ここに落ちてどれくらい経《た》ってる……」

精神が蝕《むしば》まれていることにさえ、強く意識しないと気づけない。

「お前じゃなくて、レティって呼んでください！」

「あー分かった分かった。おらレティ、口開けろ」

「またそういう言い方……あーん」

憤怒《ふんぬ》領域効果で怒りっぽくなっても、アレテーの素直さは消せないようだ。

鎮静効果のある飴を一粒口に放り込んでやってから、ディルは自分も一粒舐める。

「はっ……わたし何を……うぅ、ごめんなさい先生、先程の発言は忘れていただけますと……」

「狼上手に操れて、レティちゃんは偉いな～」

「うぐっ……あ、ありがとうございます……」

効果はすぐに出るが、一時しのぎでしかない。

――こんなんだったら、一番近い『垂れ糸』を目的地に設定すべきだったか？　いやダメだ。

ディルが表示したのは、最も生還率の高いルートだ。

どれだけ危険だろうと、死にかけようと、この道を歩むことが生還に繋《つな》がっている。

「……このあたりには見覚えがある。安定空間だ。『垂れ糸』も近いぞ」

「は、はい……」

「どうした、喜ばないのか？」

「あ、あの、先生……」

「なんだ」

「ど、どこへ行けばいいのでしょう」

巨狼は止まっている。

進むべき道だと思っていた箇所が、巨大ゴーレムの背中だったことが今まさに判明し、起き上がったゴーレムに道を塞がれたからだ。

左右も背後も、モンスターに囲まれつつある。

まさに、絶体絶命と言えた。

そして、ダメ押しとばかりに——。

「……なる、ほど、こう、くる、か」

「せ、先生？　なんだか、話し方が少し……」

靴の反動が、今来たのだ。

直近四度の使用の内、一度目の反動は日常生活で迎えている。

反動は使用順とは限らない。

二度目から四度目の反動が、バラバラに襲ってくることもあるわけだ。

仮に今、十五秒分の反動がやってきているなら、最も近いモンスターの攻撃を捌《さば》けるか怪しい。

「先生！　ご指示をください！」

——だが。

「……いい」

「先生⁉」

「ここで、いい」

ディルのルート表示は、もう終わっている。

「ここが、ゴールだ」

ゴーレムが――縦に真っ二つになる。

縦に割れたゴーレムの向こうに、青い長髪の男が立っていた。

「やぁディル、生きていると信じていたよ」

言葉は柔らかいが、ここまでよほど急いできたのだろう、大粒の汗を掻いている。

リギルパーティーリーダー、ディルの元仲間で、現上司で、幼馴染《おさななじみ》。

『一刀両断のリギル』の姿が、そこにはあった。

『大剣による斬撃に限り、あらゆるものを両断する』という深淵《しんえん》型能力の持ち主。

巨大な剣を軽々と扱う美丈夫は、死地に似合わぬ柔和な笑みを湛《たた》えていた。

「り、リギル所長！」

彼だけではない。

「まったくディルちゃんは変わっていませんねぇ。そこが可愛《かわい》いんですけど」

側頭部から角を生やした、赤い長髪の女が、リギルの横を駆け抜ける。
ディルたちの横も通り過ぎ、跳躍。
岩の大地に足跡が刻まれるほどの踏み込みで、高く上昇。
背後に迫っていたサイクロプスの眼球目掛けて、拳を叩《たた》き込む。
瞬間、サイクロプスの頭部が破裂した。
モンスターの死骸が倒れ、大地が揺れる。
「えっ⁉　あ、あなたは——雑貨屋さんの店長さん⁉」
「こんにちはレティちゃん。店長さんが助けに来ましたよ」
ディルたちの住む集合住宅一階に店を構えているのは、彼女なのだった。
ダンジョン由来の品を売っているのは、彼女自身が探索者だから。
大人の色香を漂わせる二十代後半ほどの美女。
同じくリギルパーティーのメンバー。
『一撃必殺のレオナ』だ。
『握り拳による直接打撃に限り、一撃で敵を絶命させる』という深淵型能力の持ち主。
「……一線を退いた割には、深層に降りる頻度が多いんじゃないかな、君さ」
絵本に出てくる魔女のような格好の、小柄な女だ。

人間で言えば童女ほどの短軀《たんく》だが、彼女の種族では標準的。

彼女はハーフリングと呼ばれる種族の亜人だ。

緑の髪は左右で編まれ、肩から前に垂らされている。

魔女帽の位置を直したあとで、彼女は杖《つえ》を地面に突き立てる。

すると、先程真っ二つになった巨大ゴーレムが再生。

そして、周囲の溶岩トカゲを踏み潰していく。

「えっ、あ、アニマ教官……!?」

アレテーが彼女の名を呼ぶ。

関わりはないが、教習所の教官だ、知ってはいるらしい。

『一心同体のアニマ』だ。

『モンスターの亡骸《なきがら》を意のままに操る』という深淵型能力の持ち主。

リギルパーティーはディル含めて五人編成だった。

最後の一人は、今回は同行していないようだ。

「遅いんだよお前ら」

探索者ではない人間が聞くと、リギルパーティーの面々の能力は強力に感じられるという。

ディルも、言いたいことは分かる。

一刀両断、一撃必殺、死体の使役とだけ聞けば、破格の能力に思える。

だが考えてみてほしい。

「手厳しいね、これでも急いで来たのだが」

「これこれ〜、ディルちゃんと言ったらこのツンツン具合が可愛いんだよねぇ」

リギルとレオナの能力は、超近接特化なのだ。

モンスターの脅威、ダンジョンの恐ろしさを考えると、敵と距離をとって身の安全を確保しながら戦える能力の方が、ずっと使い勝手がいい。

実際、二人は装備の充実、身体能力の向上、戦闘技術の修得に多くの時間と金を費やした。

「素直じゃないだけでしょ」

アニマに関してはもっと単純な問題として、『亡骸がないと始まらない』という欠点を抱えている。

それも、以前倒した亡骸を……といった使い方は出来ない。

ダンジョンに潜ったその日に死体をこしらえ、それを利用するという方法しかとれないのだ。

「じゃあ素直に言うわ。ありがとな、合法ロリ」

「はい見捨てればよかったー。来たことを猛烈に後悔しているよ今」

仲間がいないと厳しい能力の上、第一階層で満足している大抵の探索者は彼女の能力を欲しがらない。

肉は綺麗《きれい》な状態で確保してこそ。

彼女に死体を操らせて戦闘に使い、獣同士の戦いに発展させたとして。

望む状態の肉が手に入るだろうか。

入らないから、彼女は孤立した。

今でこそ最強のパーティーと呼ばれているリギルパーティーの面々だが、探索者人生のスタートから長く、苦労の日々を過ごしている。

血の滲《にじ》む努力の果てに、強い能力と呼ばれるだけの実力を身に着けたのだ。

「ディル！　レティ！」

リギルパーティーではないが、もう一人。

金髪ツインテールのハーフエルフ、モネの姿も確認できた。

「モネさん！」

アレテーが目に涙を浮かべながら、巨狼《きょろう》を走らせる。

モネの許《もと》に到着すると、巨狼が消えた。

「無事だったのね！　よかった！　本当によかった！」

「うぅ……ごめんなさい！」

「おバカ、こういう時はありがとうでいいのよ」

「っ！　はい、ありがとうございます！」

モネがアレテーを抱きしめた。

「なんだ、俺にハグはないのか」

反動を受け終え、普段どおり動けるようになったディルが言う。

てっきり、いつものツンツンした答えが返ってくるかと思ったが、モネは――ディルに抱きついた。

花のような香りと、彼女の温《ぬく》もり。そして、よほど急いできたのだろう、強く鼓動する心音が感じられた。

「あなた、本当にバカよ。他人に興味ないふりして、平気で命を懸けるんだもの」

「いや、あれは転んで穴に落ちただけだ」

「おバカっ」

「あー……モネ、そろそろ離れろ」

背中をぽんぽんと叩くが、彼女は離れる様子がない。

それどころか、ディルを抱きしめる力が強くなる。

よほど心配を掛けたらしい。

「俺の胸板に、自慢の巨乳が押し当てられてるぞ」

「黙って」

モネは一瞬、自分の頰をディルの頰に触れさせたあと、ようやく離れた。

彼女の顔はとても赤い。

「別に自慢じゃないから」

「誇っていいぞ」

「もっと他に誇らしいものあるので！」

「……淫行教官、生徒を手籠《てご》めにするのは地上でやってもらえる？」

アニマが冷ややかな視線でディルを睨《にら》んでいる。

「お前も俺が生きてて嬉《うれ》しいんだろ、ハグするか？」

「ふっ……いいよゴーレムでハグしてあげよう」

「おいバカやめろ」

「ディルちゃん、あとで私もハグさせてね」

レオナはモンスターの返り血で全身を真っ赤にしながら、ニコニコ笑っている。

彼女の周囲には、頭部が弾《はじ》けていたり腹部がえぐれていたりと、悲惨なモンスターの死体が幾つも転がっている。

「お前のハグは背骨折れそうになるから、お断りだ」

「折らないよう気をつけるからっ！」

『垂れ糸』までそう遠くないが……その前に一つ、死地を乗り切らねばならないようだね」

リギルの周囲にも骸《むくろ》の山が築かれていたが、こちらは刃しか血に濡《ぬ》れていない。

彼の視線を追うと、通常の三倍ほどの巨軀《きょく》を誇る火竜がこちら目掛けて飛んできていた。

それだけではない。

一旦はディルの仲間たちが蹴散らしたモンスター群だが、既に第二陣が到着しつつあった。

派手な戦いで周辺一帯のモンスターの気を引いてしまったらしい。

ディルは一つ頷《うなず》く。

「よし、俺は先に帰るからあとは任せるわ」

「君の力が必要だよ、ディル。どうか、勝利までの案内を」

リギルが、真《ま》っ直《す》ぐにディルを見た。

そこには一切の疑念がない。研ぎ澄まされた信頼だけが、瞳の奥に宿っている。

ディルはモンスターたちの第二陣をちらりと確認。

その数は先程の比ではなく、また通常個体の三倍ほどの巨軀を誇る火竜付き。

「……モンスターの群れだけならなんとかなるが、あの巨竜《ドラゴン》は厳しい。地上のモンスターに加えて空からブレスを食《く》らうんじゃキツいからな」

「あぁ」

リギルが頷く。

「そこで俺に良《い》い作戦がある。そこの血まみれバーサーカーをゴーレムで投擲《とうてき》する。あとは一撃必殺でドラゴンを殺してもらえばいい。他は地上担当な。俺は非戦闘員なので指示だけ飛ばす」

「ディルちゃん、バーサーカーって私のことじゃないよね？」

レオナが人差し指を立て、唇に当てた。

可愛《かわい》らしい仕草だが、本人はモンスターの返り血で真っ赤に染まっている。

「ディルセンセイ？　この期《ご》に及んで戦えないアピールとかやめてよね」

モネが呆《あき》れている。

「うぅん……人間大砲ってやつ？　やってもいいけど、ゴーレムを操っての投擲は経験が足りないから、狙い通りにいかないかも」

アニマが首を傾け、不安材料を口にする。

「ディルちゃんもアニマちゃんも待って？　失敗したらどうなっちゃうのかな」

「その時はその時だろ」

「『その時』にぺちゃんこになっちゃう私のこと、考えてくれてるかな？」

ドラゴンのいる高さから地面に真っ逆さま。

衣装の衝撃吸収機能を考慮しても、無傷とはいかないだろう。

「お前のことは忘れん」

「まず死なせないで？」

「あ、あの……モンスターさんたち、もうすぐそこまで来ていますっ……！」

急に伝説のパーティーに囲まれて萎縮してたアレテーだが、さすがに声を上げる。

「はぁ……俺が行く。合法ロリ、いけるか」

「地面に叩《たた》きつけていい？」

言いつつ、ゴーレムに命じて屈《かが》んで手を差し出させる。

ディルはその上に飛び乗った。

「えっ⁉　先生っ⁉」

「レティ、お前は馬を作ってモネを後ろに乗せろ。あとはモネの指示通り動け。レオナは小さいのを狩りつくせ、リギルはデカブツ担当だ。アニマは俺を投げたあと、他をサポートしろ」

モネの攻撃力と剣技は優れているが、今この場では機動力不足。

そこをアレテーの力で騎兵とすることで解消。

モネであれば、周囲の邪魔にならないよう立ち回りながら敵の数を削れるだろう。

身軽さに優れるレオナはその手数で一撃必殺を連発してもらう。

そしてリギルには登場時のように、巨大な敵を一刀両断してもらえばいい。

死体が増えるほどに、アニマの手駒が増える。

「俺に見えるのは、俺がなぞるべき道だけだ。お前らは死ぬかもしれんが、恨むなよ」

「君がそう言って、仲間が死んだことはない」

リギルが大剣を構える。

「ディルちゃんってば、いつも最後には自分が一番危険な役目を引き受けるんだもの、本当にツンデレさんだよね」

レオナが広げた両手を口許《くちもと》に当て、小さく笑っている。

「大丈夫よセンセイ、あなたの采配を信じるわ」

モネが柄《つか》に手を掛けて、悪戯《いたずら》っぽく笑い。

「わ、わたしも先生を信じます！」

アレテーが慌てて追従した。

なんとか交ざりたかったのか。

ディルは無視した。

ゴーレムがディルを持ち上げ、投擲の構えをとる。

「人間のクズ大砲、発射用意」

「今だ、合法ロリ」

「それ定着させたらほんと怒るから」

グンッ、と全身に圧力が掛かる。

風を押しのけて、急速に目標へ接近。

髪がばさばさと乱れ、外套《がいとう》が翼のように広がる。

ドラゴンはディルを視界に捉えたようだが、脅威とは思っていないようだ。

ディルを噛《か》み砕かんと、ドラゴンが大きく口を開ける。

このままでは、自ら餌になりに行くようなもの。

ドラゴンの口腔《こうこう》が眼前に迫る。

口が閉じた。

巨大な牙が、ガキンッと音を立てる。

ディルの、眼下での出来事だ。

「食い損ねたな」

ディルは直前で、真上へと跳躍したのだ。

靴に仕込まれたもう一つのアイテムによるもの。

『空気を摑《つか》む』ことを可能とするアイテムで、それを利用して空気を足場に移動できるようにしたものだ。

だがこのアイテムをディルと同じ用途で使う者はいない。

何故《なぜ》ならば、回数、あるいは時間の制限付きであるにもかかわらず、それを詳細に把握することが出来ないアイテムだからだ。

空を駆けることが出来る。だが十年使えるかもしれないし、明日使えなくなるかもしれない。

いつ、空中移動中に落下するか分からないのだ。

とても怖くて使えない。

ディルがこれを使うのは――本人は決して口にしないが――頼れる仲間と共にいる時だけ。

剣を抜く。

切っ先を下へ向け、柄頭《つかがしら》をひねる。

サイズは最大。

巨人の剣が伸び、ドラゴンの上顎から下顎まで貫通した。

数十人掛かりでも全滅しかねない脅威だろうと、虚を衝《つ》き、真価を発揮できぬ内に討伐してしまえば済む話。

すぐさま剣のサイズを戻し、ディルは空を駆け降りる。

その間、ディルは仲間の活躍を目にした。

「えいえいえいえいっと」

軽い掛け声に反して、レオナの周囲の絵面は悲惨だ。

彼女の拳に掠《かす》っただけで、モンスターはその部位を失い、血を散らし、命を落とす。

彼女は軽々と敵陣に飛び込むが、よほどの覚悟がなければ出来ない行いだ。

レオナは探索才覚《ギフト》の条件により、拳に装備品をつけられない。

拳を守るアイテムの装備は『拳による直接打撃に限り』に反するのだ。

能力によって拳が強化される、という事実もない。
硬い敵を殴れば拳を痛めることもある。
それでも彼女はモンスターを殴っては次のモンスターへ向かう。
「レオナ、もう少し綺麗《きれい》に倒して。再生させるのも楽じゃないんだから」
「ごめんねぇ。そうしたら、操るのはリギルちゃんが倒したのにしてくれる?」
「もうそうしてるけど、移動させる手間だってあるんだから」
アニマはぐちぐち言いながらもゴーレムや通常サイズの火竜を操って戦わせている。
それらの死骸を量産しアニマに提供するのは、リギルだ。
その姿は、まるで英雄譚《たん》の主人公。
彼が宙へ舞い上がり、刃を横薙《よこな》ぎに振るうと、ゴーレムの体に線が引かれる。
違う、一撃であの巨体を断ち切ったのだ。
ゴーレムの体がズレていき、上半身が下半身からずり落ちる。
それが地面に転がるより先に、次の敵へ肉薄し、再び斬撃。
今度はサイクロプスが、右半身と左半身で真っ二つにされた。
降り注ぐ血の雨はしかし、彼を濡《ぬ》らさない。
血が大地を濡らす頃には、次の敵へと移動し終えているからだ。

「アレテー、次あっち！」

「は、はいっ！」

このような状況で、モネとアレテーもよくやっている。

騎兵と化したモネは、的確に周囲をカバー。

アニマへと迫る個体、リギルの担当ではない小型のモンスター、レオナの討ち漏らしなどを光熱の刃で灼《や》き切る。

三人も、モネの実力を認めた上で任せているようだった。

「圧倒的な力がなくても、あたしたちにはあたしたちに出来ることがあるわ！」

「はいっ、モネさん！」

今、ディルたちは教習所で教えるのと真逆のことをやっている。

複数のモンスターを相手するべきではない。

だがそれは、逃げられるならばの話。

逃走が困難な場合、対処するしかないのだ。

そして、この状況でそれが出来るパーティーは稀《まれ》だった。

ディルが地面に降り立つ頃には、四方を埋め尽くす勢いで押し寄せていたモンスターの大群は——一匹残らず死に絶えていた。

ディルは驚かないし、称賛もしない。

彼は決して認めないが、それこそが、彼なりの信頼の示し方。

自分たちならばこの程度の結果、当然のことだという、ひねくれ者の信頼。

ディルは平然とした様子で、自分が倒したドラゴンの死骸を指差す。

「誰かあれ収納できるやついるか？　デカすぎて俺のじゃ容量が足りない」

アレテーは戻ってきたディルを見て、口をパクパクさせている。

水の巨狼《きょろう》は既に消えている。

ディルは何を思ったか、飴玉《あめだま》を取り出し、彼女の口に入れてやった。

「あむ……甘いですっ」

「よかったな」

「はい……！　ではなくっ⁉」

「なんだ」

「先生っ、先程、お空を飛んでました⁉」

「飛んだというか、蹴ったというか」

「そこの白い子、そいつの真似《まね》しようとしない方がいいよ。さっきのも、いつ落下死してもおかしくない危険アイテムだから」

アニマが呆《あき》れたような顔をしている。

「落ちたとしても、ゴーレムで受け止めりゃいいだろ」

ディルは、アニマがちらちらとディルを確認していたことも、ゴーレムを一体待機させていたことも気づいていた。

素っ気ない態度をとるが、アニマは仲間思いなのだ。

「……君のそういうとこ、ほんと嫌い」

魔女帽を深く被《かぶ》り、表情を隠すアニマ。

「さすがはディルだね。だが済まない、ドラゴンを収納する容量もないし、捌《さば》いている時間もないようだ」

「金髪ちゃんと白い子のために説明しておくと、自分の探索才覚《ギフト》は領域をまたげないから、『ドラゴンの死体操《あやつ》って上まで戻ればいいじゃん』とか言わないように」

アニマが、疑問が出てくる前に答えを言う。

「あーあ、ディルちゃんが狩ったドラゴンのお肉、食べたかったのに」

全身を血に染めたレオナは残念そうだ。

周辺一帯のモンスターは全滅に近い被害を受けているだろうが、長居は無用。

先程の戦闘音を聞きつけて領域中からモンスターが集まることは必至。

アイテムが惜しくないと言えば嘘《うそ》になるが、今日はそもそも探索目的ではない。

そして探索目的であったとしても、命には代えられない。

「よし、帰るか」

ディルの探索才覚《ギフト》で先導しながら、全員で『蜘蛛《くも》の垂れ糸』へ向かう。

途中で、ディルは声を上げた。

「あ、そうだ。言い忘れてた」

「礼は不要だよ、ディル。私たちが助け合うのは、当然のことだ」

輝きでも放ちそうな親友の笑顔に、ディルは嫌そうな顔を向ける。

「言うわけねぇだろ。それより所長様よ——危険手当って出るか?」

ディルのあまりの平常運転ぶりに、親友が苦笑を浮かべた。

こうして、『落とし穴』に落ちたディルとアレテーは奇跡的な生還を果たすことになった。

エピローグⅠ

顛末

A teacher by negative example
in the training school
for dungeon of mortal sin.

その後の顚末について。

最終試験は再度行われ、アレテーやタミル含めてほとんどが合格。

無事、第一階層探索免許の取得へと至った。

次に、フィールを筆頭とした三人。

違法な探索行為は懲役刑を科せられるほどの罪だが、ディルが手を回し、『「落とし穴」発見及び、違法探索行為斡旋《あっせん》者に関する情報提供』と『一年間のボランティア活動』を条件に、罪に問われないよう計らった。

仮にも世界に五人だけの第八階層探索免許保有者だ、それなりの伝手《つて》はある。

そんな三人に課せられた『ボランティア活動』の内容とは――。

「おい、サハギンくん」

リギル・アドベンチャースクール、職員室。

「……トビです、ディル教官」

「知るか、そこの角もしっかり拭け。掃除舐《な》めてんのか」

「……すみません」

サハギンが床を拭き掃除している。

「声が小せぇなぁ」

「はいッ‼　教官がたの過ごすこの部屋の床を、ピカピカにさせていただきます！」

「それでいいんだよ」

その時、職員室の扉が開き、ネズミ耳の少年がディルに駆け寄ってきた。

彼は息を切らし、汗を大量に流している。よほど急いで来たらしい。

急がせたのはディルだった。

「遅い」

「す、すみません！　こ、これでも急いで来たんですけど……」

「ちゃんと買って来たか？」

少年が顔を赤くする。

ディルは真っ昼間から、少年にエロ小説購入のおつかいをさせていた。

「は、はい……」

差し出された本をぱらぱらとめくる。

「確かに、俺の頼んだタイトルだが……お前これ一巻じゃねぇか。頼んだのは二巻だ」

「えっ、確か先生一巻って」

「さっさと二巻を買いに行け。これを読み直して待っててやる」

「い、今からですか」

「あ？」

「行ってまいります！」

しゅばっ、と走り去る少年だった。

ディルはそれを見てケラケラ笑ったあと、今しがた手に入れた一巻を熱血オーガのオウガ教官に投げ渡す。

「お前にやる」

「えっ」

「小説なんて読まねぇよ。小さい文字追ってると、目がしばしばするだろ」

「じゃあ何故《なぜ》買いに行かせたんですか……」

「真っ昼間から急いだ様子でエロ本買うとか、ウケるだろ。しかも二回」

「ディル先輩、性格悪いですよ……」

「俺はこういうやつだ」

オウガは着席すると、そっと本を開いた。

ぺらぺらめくり——引き出しにしまう。

「熱血くんはむっつりくんだったか」

「ち、違いますよ！　折角先輩にいただいた本だから、捨てるのもアレかと思いまして！」

「声がデカい」

ディルは耳を塞いだ。

右隣の席に座る人妻アルラウネが、そっと近づいてくる。

「ディルくんったら、悪者ぶってるけど、みんな分かってるのよ？　犯罪の道に落ちてしまった生徒を救い、その上で自分に恩義や罪悪感を感じさせないように、敢《あ》えて理不尽に振る舞っているんだって。格好いいことするのね」

アルラウネが熱っぽい視線を向けてくる。

「じゃあその『みんな』ってのは全員勘違いしてるな。俺はちょうど都合のいいパシリが三人くらい欲しかっただけだ。三人と言えば、元教習所の姫はどこ行った」

「……ここにいます、先生」

トレイの上にティーカップを載せた猫耳少女フィールが近づいてくる。

彼女は——メイド服を着ていた。

着るよう命じたのはディルである。

今も慣れないのか、顔を赤くしている。

「遅かったな」

「……お茶なんて淹《い》れたことないし」

「なんか言ったか？」

「な、なんでもっ。その、初めてなので、美味《おい》しくないかもだけど……」

机の上に置かれたカップを手に取り、一口飲む。

「あぁ、不味《まず》いな」

「うっ、ご、ごめんなさい……」

「練習しとけ。それと、肩凝ったなぁ。つい先日、アホ三人を助けた件でめちゃくちゃ疲れたから、肩凝りまくってるなぁ」

「……も、揉《も》みます」

ふにふに、ふにふに。

「力弱すぎだろ」

「ち、力加減分からなくて……」

「ダメなメイドだなぁ」

「うぅ……ていうか、なんでアタシだけこんな恥ずかしい格好……」

「姫がメイドになるって、転落人生っぽくて笑えるだろ」

「姫って呼んでるの、先生だけだし……」

突如、肩を揉む力が強くなった。

「痛っ、お前ゼロか百しかないのか！ ……って、モネかよ」

今日も美しい金髪ツインテールのハーフエルフ、モネだ。

「センパイ？ この三人はセンパイのパシリじゃなくてうちのボランティアなんだから、頼み事はほどほどにね？」

笑顔なのだが、凄《すさ》まじい圧力を感じる。

「ちっ、仕方ねぇな。ほら猫耳メイド、モネの肩揉んでやれ。明らかに凝りまくってるだろ」

「胸見て判断したわよね？ セクハラなんですけど」

「冤罪《えんざい》だ」

「どうだか」

モネはこれから探索に向かうらしく、ほどなくして職員室を出ていった。

「あの、ディル……先生」

「なんだ」

「その……どうして、助けてくれたわけ？ ……くれたんですか？」

「俺は子うさぎの暴走に付き合っただけだ」

「ウソ、さすがに分かるし……」

　ふむ、とディルは自身の顎に手をやる。

「お前ら三人に試験を受けさせなかったことは微塵《みじん》も後悔してないんだ。お前らが探索者になっても、すぐ死ぬのは目に見えてたからな」

　人はそう簡単に変わらない。

　三人の態度は勤勉とはとても言えなかったし、そのいい加減さは探索者としては致命的。

　さすがに今回の件ほど痛い目を見れば、三人にもそれが分かったことだろう。

　しかしこの三人が幸運だっただけで、ダンジョンで愚かさを悟った時とは普通、死ぬ時だ。

「お前らは傲慢で、怠惰で、そのくせ強欲なアホだ。だが……」

「……なに？」

「それは、死に値するような罪じゃない」

「それが、理由？」

　どうやらフィールは、どうしても助けられた理由を知りたいようだ。

　だが、ディルは言いたくない。

「知るか。一々理由なんか考えて動いてねぇんだよ」

元とはいえ自分の生徒だ。見捨てるのは寝覚めが悪い。

そんなことを言ったら、また他の者たちに善人だの良《い》い教官だの勘違いされてしまう。

「そう……」

フィールはしばらく俯《うつむ》いて黙っていたが、不意に顔を上げ、ディルを見た。

「それでも、ありがとうございました。アタシ、探索者になるっていうことを、舐めてた。これから心を入れ替えて、やってしまったことの償いをします。それで、またお金を貯《た》めて、その、今度こそちゃんとした探索者になりたい……それで、それでね、先生」

「あぁ」

フィールは、勇気を振り絞るように胸の前で拳を握り、潤んだ瞳でディルを見つめる。

「その時は、またアタシの先生になってくれますか？」

ディルは、彼女《やつ》の勇気に、優しい笑顔を向ける。

「いや、他の教官に押し付ける」

「ひどい……！」

エピローグⅡ

再起

A teacher by negative example
in the training school
for dungeon of mortal sin.

夜。ディル宅。

「それでは、おやすみなさいですっ、ディル先生！」

夕食の片付けを終えたアレテーが、帰宅するところだった。

「あぁ」

「……むぅ。おやすみなさいです、ディル先生？」

アレテーは唇を尖《とが》らせた。

彼女にしては珍しい仕草だ。

「あ？」

「……ディル先生」

「なんだ子うさぎ、まだ何かあんのか？」

「……子うさぎ……子うさぎに戻ってしまいました……」

しょぼん……と落ち込むアレテー。

よほどレティと呼んでほしいらしい。

ディルは溜息《ためいき》を溢《こぼ》す。

「お前が一年生き延びたら、名前で呼んでやる」

ぱぁ、と彼女の表情が輝く。

「はい、頑張ります！　先生の教えを守って、長生きします！」

「もう帰れ。眠くなってきた」

「では、失礼しますねっ」

ぴょんぴょん跳ねるような勢いで、彼女が扉に向かう。

「……なぁ、子うさぎ」

「はいっ、先生っ！　なんでしょう？」

「お前が………。いや、なんでもない」

「先生？」

「忘れろ」

「？　大丈夫ですか？」

ディルは舌打ちする。

「三バカを助ける時、お前に狼《おおかみ》出してもらったろ。その借りを返すから、何か言え」

「えっ⁉　そんなっ、わたしはそのあと、先生に命を救われたわけですし！」

「アホ、教官が生徒助けるのは仕事だ。お前が三バカ助けたのとは違う。いいから何か言え。言わなきゃ俺が適当に何か考えるぞ？　いいのか？　そうだな、お前は年の割に体が貧相だから、胸がデカくなるダンジョンアイテムを――」

「言います！　言いますので！」

アレテーが顔を真っ赤にしてディルの言葉を止めた。

「えと、えと……その、一緒にダンジョンに潜ってほしい……です」

もじもじと、手と手を組み合わせながら、アレテーはぼそりと言う。

「あぁ？」

「まだ一人でダンジョン探索するのは心細いので……ダメ……でしょうか？」

『落とし穴』を経験してしまった以上、第一階層安定空間で充分活動できる力を身に着けても、不安なのかもしれない。

「お前がそれでいいなら、行ってやるよ」

彼女の顔に、笑みの花が咲いた。

「はいっ！　ありがとうございます」

「で？　俺が教えたこと忘れたか？」

彼女がハッとする。

「そうでした……！　えと……その、先生が七割というのはどうでしょう？」

パーティーを結成する時は、獲得品をどう分配するか事前に決めておくこと。

ちゃんと覚えていたようだ。

「悪くない。相手との力量差や経験差から、新人は対等な取り引きが出来ないものだしな。ただ、俺は山分けと決めている」

「えっ……わたしが先生に、色々と教えてもらう立場なのにですか？」

「俺の流儀なんだ。嫌なら一人で行け」

「い、いえっ。それでお願いしますっ！」

「よし、じゃあひとまず明日だな。体調次第ではズラすから安心しろ」

「はいっ！　よろしくお願いします！」

「話は済んだ、もう帰れ。……腹出して寝るなよ」

「わたし、寝相はいい方なんですよ？」

「そうかよ」

アレテーは再び就寝の挨拶をしてから、今度こそ去って行った。

扉が閉まり、部屋に静寂が訪れる。

彼女のいなくなった部屋で、ディルは本来言いかけていた言葉を口にする。

「『お前が生き返らせようとしてるのは誰だ』なんて、訊《き》いても意味ないだろ」

アレテーは、ディルに懐《なつ》いているようでいて——実際慕ってはいるのだろうが——自分の心の深い部分については晒《さら》していない。

誰を蘇生《そせい》させたいのか。

実家で親の手伝いをしていたというが、その親はどうなり、健在ならば娘がプルガトリウムに向かうことをどう思っていたのか。

受講料をどう工面したのか。

そういったことに関し、ディルは踏み込まない。

そして、アレテーも語らない。

訊いたら答えるだろうか。

答えるのだろう、とディルは思う。

だがそれをした時、ディルとアレテーという少女の関わりは、一段階深くなってしまう気がした。

こんなふうに気にかけている時点で、もう手遅れかもしれないが。

「……くそ」

ディルは頭をぼりぼりと掻《か》き、直前の思考を追い払う。

廊下に人の気配がないことを確認してから、部屋を出る。

向かう先はアレテーの住んでいるのとは逆の隣室。

二〇四号室。

ディルは、この部屋の家賃だけは欠かさず払っていた。

扉を開くと、アレテーの部屋よりもずっと無機質な空間が広がっている。

寝室に向かい、扉の前に立つ。

ドアノブをひねるのに、いつも勇気が必要だった。

十秒、二十秒と経《た》ち、ようやく覚悟が決まる。

扉を開く。

そこには、ベッドがあった。

ベッド脇には、透明の液体が入った袋と、それをぶら下げる点滴スタンドが立っている。

液体はチューブを伝って、ベッドに眠る人物の腕まで流れている。

「……よぉ」

声の軽さに反して、ディルの足取りは重い。

一歩一歩、ゆっくりと近づいていく。

暗い部屋で、窓ガラス越しに入ってくる月明かりだけが、周囲の輪郭をディルに教えてくれる。

黒い髪の少女だった。

――『自分と同じ黒髪黒目。髪は肩くらいまであり、自分よりずっと長い。自分と違って、容姿に優れていると村でも評判だった』。

ディルの妹を説明するこの表現が、目の前の少女にはそのまま当てはまる。

なにせ、本人だからだ。

ディルはベッドの側に膝をついて、妹の顔を眺める。

血色はいい。表情はないが、呼吸はしている。

かつて死人のような顔色で病に苦しんでいた頃とは、大違い。

年齢は、ディルの一つ下。

しばしば死者を想《おも》う際に『もし生きていたら、この年齢になっていた』と考えることがあるが、生き返った妹は、死んでいた期間分も体が成長していた。

そう。

深淵《しんえん》はある。

死者は生き返る。

ただし、生き返るだけだ。

ディルは深淵に辿《たど》り着いた。

深淵への入り口は、基本的に隠されている。

第七階層・傲慢領域にて、極稀《まれ》に、極短時間、ランダムな地点に、『扉』が出現する。

入れるのは一人だけ。

取り戻せる死者も一人だけ。

ディルは願った。

どうか妹を生き返らせてください。

健康な体で、続きの人生を生きられるようにしてください。

お願いします。お願いします。どうかお願いします、と。

願いは叶《かな》った。

妹は、ディルが蘇生させてから一年間、健康な体で、続きの人生を生きている。

ずっと、眠ったまま。

ディルは忘れていた。失念していた。

自分たちが探索しているのは、大罪ダンジョン。

人の罪を体現した空間。

暴食領域で手に入る食材は、美味だ。あまりに美味で、飽きが来ず、中毒性こそないが、死ぬまで毎日それを食べることになっても問題ないと言い切れる魔法の食材だ。

それ故に、人は許される限り、自分に可能な限り、それを食べてしまう。

美食領域ではなく、暴食領域と呼ばれていることからも、それは理解できるだろう。

怠惰領域で手に入る『様々な事柄を省略できるアイテム』に関しては、回数や期限が設けられている。

永遠に楽は出来ないとでも、教えるように。

色欲領域で手に入る媚薬《びやく》も精力剤も美しさも、一時的なまやかしに過ぎない。

少し時間が経てば、本来の自分と直面することになる。

全ての領域がそうなのだ。

人生を豊かにするようでいて、完全には救ってくれない。

永続効果のアイテムが手に入る深層においても、そこは共通している。

どこかしら、歪《ゆが》みがあるのだ。

人を構成するのは、肉体、魂、精神であると誰かが言った。

肉体だけでは生きられない。魂だけでは動けない。精神だけでは存在できない。

体と、それを生命たらしめる魂と、『個』を成立させる精神。

三つ全て揃《そろ》ってこそ、生命は起きて、考えて、動くといった活動が出来る。

ディルの妹にあるのは、肉体と、魂か。

精神がないのか。

だから、起きてくれないのか。

ディルは、寝たきりの妹を生かすことに人生を注いでいる。

彼女がいつ起きても、そのまま人間らしい生活が出来るように、ダンジョン由来のアイテムも使って、健康的な肉体の維持に努めている。

ディルが万年金欠なのは、自身の探索装備にダンジョンアイテムが必要なのに加え、妹を生かすのに莫大《ばくだい》な費用が掛かっているからだ。

これだけは、リギルを頼れない。

自分がなんとかせねばならない。

自分が生き返らせてしまった、自分の妹なのだから。

「こんなふうに、するつもりじゃなかったんだ……」

生きて、元気に走り回る姿をもう一度見たかった。

そのためだけに故郷を捨て、この都市で探索者になり、深淵を目指した。

ようやく手が届いたと思ったら、これだ。

ディルはしばらく、妹の寝顔を眺めていた。

こんな形で妹が生き返った以上、かつてのように探索者は続けられなかった。

だが、それ以外に出来ることもなかった。

金が必要だった。

　リギルが用意してくれた職に、向いてないと分かっていながらも就いたのは、これが理由。

だというのに――。

フィールたちを見捨てられず、アレテーを見捨てられず、そしてきっと、仲間が危機に陥れば見捨てられず、助けに行ってしまう。

目を覚まさない妹を取り戻してから、ディルはもうずっと自分のことを嫌いになってばかりだ。

「……また来るよ。おやすみ」

妹の頭を撫《な》で、部屋を後にする。

そして、ここにいない人物に向かって、ぼそりと漏らす。

「……お前なら、これでも生き返らせるのか――アレテー」

アレテーが過去について話さないのも、ディルが深淵について話さないのも、おそらく同じ理由からだ。

自分の重大な罪を吐露するようで、とてつもなく、恐ろしいから。

「リギル、お前は何を狙ってる……」

アレテーのことを、ディルは受け入れてしまった。

おそらく、ここまでは彼の目論見《もくろみ》通り。

だがこの先は？

彼女に本当のことを話して、止《や》めろというのか。

あるいは彼女が、ディルの現状を好転させると考えているのか。

自室に戻る直前、ディルは妹の眠る二〇四号室と、アレテーの眠っているだろう二〇二号室、両方に一度ずつ視線を向ける。

視線を切り、ディルは意識して、いつもの眠たげな目に戻す。

「……寝るか」

ハッピーエンドを迎えることが出来ず、だからといって完全に絶望することも出来ず、ディルという人間の人生は続いている。

アレテーという少女との出逢《であ》いは、彼にとって救いとなるのか。

それは意外なことに、翌日判明した。

◇

翌日、ダンジョン第一階層・暴食領域・安定空間内の森林エリア。

「おい子うさぎ、そろそろ移動するぞ」

「あ、はいっ」

ディルの周囲には、額を貫かれて絶命した一角イノシシが三体。

アレテーは先日の件で気に入ったのか、傍《かたわ》らに水狼を待機させつつ、水リスで果物の採取に励んでいた。

「あまり一つのことに集中し過ぎるな。気づけばモンスターに囲まれてた……なんてことになったら最悪だろ」

「はいっ、気をつけますっ」

「……だが、複数の動物の使役も出来るようになっているようだし、成長はしてるみたいだな」

その程度の言葉で、アレテーは世界中から称賛を浴びたみたいに、嬉《うれ》しそうな顔をするのだった。

「ありがとうございます！　わたし、頑張りましたっ」

その後、何度か場所を移動し、肉も果物も成果は上々といったところで、その日は切り上げることにする。

ダンジョンの入り口へ向かう途中、ふと会話が途切れた。

「……なぁ、子うさぎ」

「はい、先生。なんでしょう？」

次の言葉が出てくるまで、ひどく時間が掛かった。

喉が酷《ひど》く渇いている気がする。唾を飲み込もうにも、口の中までカラカラで痛いくらいだ。ディルの体が、これから言おうとしていることを阻止しようと立ちはだかっているような、そんな錯覚さえ覚える。

それでも、ディルは口を開いた。

どうしても、訊《き》きたいことがあったからだ。

「深淵、だが」

「……………は、はい」

ディルの方からその話題を出すとは思ってもいなかったのだろう、アレテーの顔に困惑と緊張が浮かぶ。

「ない、とは、言わん」

それは、実在の肯定に等しい。

『深淵踏破のディル』が言うのだ、アレテーからすれば、希望の確定も同じ。

「は、はい」

彼女の声が、興奮に上擦る。

「だが、もしそうなら、お前は一つ、不思議に思っていることが、ある筈《はず》だな」

ディルが、本当に深淵《しんえん》を目指し、辿《たど》り着いたのなら。

「はい……でも、その」

「言ってみろ」

「せ、先生が生き返らせた、その人は、今どこにいるのでしょう……？」

「……あぁ」

「それとも、わたしはもう、その人に逢《あ》っていますか？」

その可能性も、ある。

ディルの周囲にその人物がいないなら、何故《なぜ》か。

あるいはディルの周囲にいる誰かが、深淵で生き返った人物なのか。

「いや、逢っていない」

アレテーが、目を伏せる。

「せ、先生は、たまに、その、お辛《つら》そうに見えます」

「そうか」

「でも、もし本当に、生き返らせたいほど大切な人が、一緒にいられなくてもどこかで元気に生きているのなら、優しい先生は、それを受け入れると思うのです」

「お前の中で俺がどんな聖人になってるか知らんが、そろそろ現実を受け入れろ」

「いいえ、先生はお優しいかたです。先生が否定されても、わたしはもう、それを知っています」

「……そうかよ。で、何が言いたい」

「先生が今も、何かに苦しんでいるのなら、それはやはり、深淵に関わることではないかと思いました。生き返った人がお近くにいないのは、先生から離れたからではなく……」

アレテーがそこで言い淀《よど》む。

「なんだ、言ってみろ」

「し、深淵の蘇生《そせい》が、わたしたちが思っているものとは違うものだから、なのかな……って」

やはり、この娘は馬鹿ではない、とディルは再確認する。

お人好《ひとよ》しで、人の良《い》い面ばかり見ようとし、戦いに向かない性格をしているが、頭はよく回る。

「何故そう思う」

「ダンジョンの性質を見て、です。このダンジョンは、意地悪だと思います」

「意地悪、ね」

アレテーの表現は、やはりダンジョンに似合わず子供っぽい。

「暴食領域のお肉が美味《おい》しいモンスターは、人をその……食べようと襲ってきます。果物もです。怠惰領域は、人を眠らせたり、迷わせたり、騙《だま》そうとします。色欲領域は、え、えっちなモンスターが出てきますが、先生仰《おっしゃ》ってましたよね、誘惑に乗ると……その、干からびてしまうって」

「あぁ」

「憤怒《ふんぬ》領域は……こ、怖かったです。モンスターさんだけではなく、探索者も少しずつ怒りっぽくなりますし……先生が使っている剣、それはモンスターさんたちが持っているものと同じものなんですよね？　使っていると、心が不安定になるという……。先生のことだから対策もしっかりしていると思いますが、心配です……」

「俺の心配はいい。とにかく、お前の言いたいことは分かった。そして、良い目の付け所だ」

ディルは一度深淵に辿り着くまで、その事実から目を逸《そ》らしていた。

だが、アレテーはディルという経験者を通して、それを受け入れようとしている。

では、彼女はどうするつもりなのか。

「それで？　どうするんだ子うさぎ。お前はそれでも深淵に行くのか」

「はい、行きます」

即答だった。

迷いなく、強い意志を込めて、アレテーは言い切った。

「不完全な蘇生でも？」

「わたしには、それがどういうものか想像できません。

生き返っても、期限付きの命なのでしょうか。

生き返っても、わたし以外には見えなくて、そのことで苦しませてしまうのでしょうか。

生き返っても、たとえば生前、病に罹《かか》っていたらそれは治らないのでしょうか。

生き返っても、姿形が変わってしまったりするのでしょうか。

分かりません。でも、言葉を交わすことは出来ないのでしょうか。

分かりません。でも、わたしがもう一度逢いたいと願う人は……あんな年で死にたくはなかったと思うのです」

「――――」

ディルの脳裏に、幼い妹の姿がよぎる。

病床に臥《ふ》している、未来を望む童女だ。

「不完全だとしても、生きてまた逢えるなら、それを諦めることは出来ません。そして

「――」

「なんだ」

アレテーは一呼吸置いてから、続けた。

「現実を知らないからと怒られるかもしれませんが、わたしはそれでも、いつか完全な形で生き返らせる方法を、探し続けるのだと思います」

「探し……続ける」

だめだとハッキリ分かったあとでも、諦めないというのか。

「必要ならわたしは、何度でも深淵に行くと思います。ちゃんとした形で逢えるよう、しっかりと命を取り戻せるよう、何度でも」

狂気にも等しい覚悟だ。

つい先日、第四階層で震えていた少女とは思えない。

どれだけ怖いか、しっかりと理解しているのに。

諦めない強さを、ここで発揮する。

一体何があって、誰を蘇生しようというのか。

だが今は、そんなことよりも引っかかっていることがあった。

――何度でも……何度でも、何度でもだと。

ディルも、妹をすぐに諦めたわけではない。

起こす方法を必死に探した。

だが見つからなかったのだ。

しかし、気づいたら愚かしいことなのだが、一つ試していないことがあった。

深淵での経験を失敗として記憶したディルは、無意識的にそれを避けていたのかもしれない。

精神のない、妹の肉体を起こす方法は、ない。

ならば、妹の精神を取り戻す方法は、どうだ。

検索する情報の違いが、結果に反映されるということはないだろうか。

もし、深淵が死者を不完全に生き返らせるだけの階層ではなく。

死した者の情報を取り戻すことが出来る階層なら？

肉体と魂は得た。いや、魂は得ていないのかも。分からない、何が必要で何が欠けているのか、全部仮説だ。

でも、この探索才覚《ギフト》を使えば、そんなことはどうでもいい。

知りたいのは一つ。

妹の精神の在り処《ありか》だ。

──探索才覚《ギフト》、発動。

──まだ取り戻せるなら、俺をあいつのところまで案内しろ。

──経路表示《ルート》。

その時、ディルの視界上に──ダンジョンの奥へと走る、己の幻像が映った。

「────」

「……先生？」

アレテーの声に応えるまで、しばらくの間が開いた。

「俺は言ったな、借りは返すと」

「は、はい」

「俺は今……お前に救われた。この借りは、一生掛かっても返せないくらい大きなものだ。だからアレテー、お前の願いを言え。俺は必ず、それを叶《かな》えてやる」

アレテーには何が何だか分からない筈だ。

いや、彼女なら察したかもしれない。

これまでの会話、ディルの能力、急にダンジョン奥へ向けられた視線、そしてディルがここまで言うほどの借り。

だからか、アレテーからはすぐにこう返ってきた。

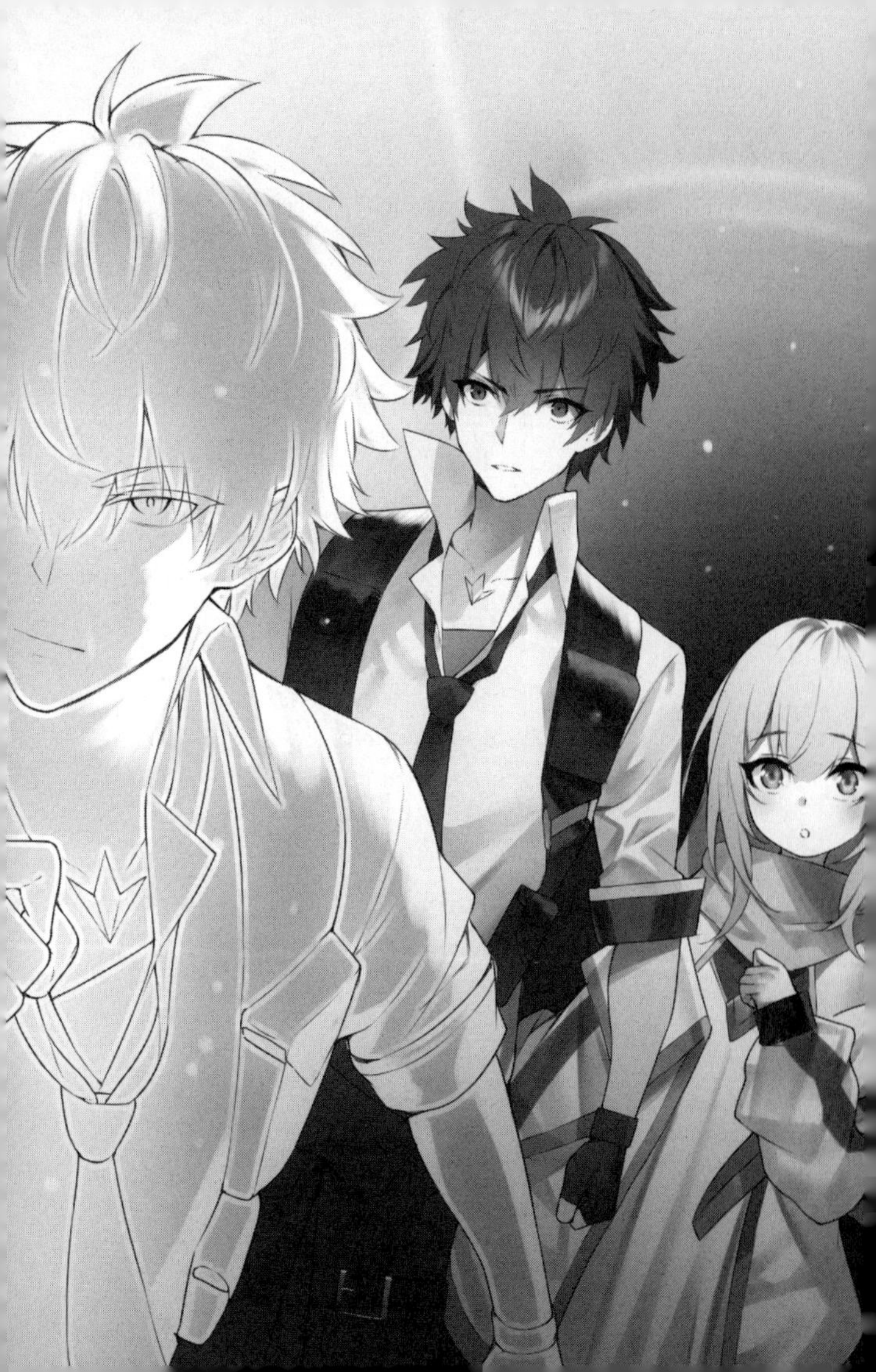

「わたしは、深淵《しんえん》に行きたいです」

白い髪と赤い目をした、貧相な体の少女が、そんなことを言う。

「いいだろう、アレテー。今ここに約束する。いつかお前がそれだけの力をつけた時……必ず俺が深淵まで、案内してやる」

今日この日より、『深淵踏破のディル』は探索者業に本格復帰する。

教官は辞《や》めない。

この少女が深淵に辿《たど》り着けるよう、導く必要がある。

それだけの借りが、今示された道にはある。

ディルは、今すぐ飛び出したい衝動を堪《こら》え、いつも通りの声音で言う。

面倒くさそうで、眠そうな声だ。

「帰るぞ、子うさぎ」

そして、アレテーもいつも通り返事するのだった。

「はいっ、先生っ！」

大罪ダンジョン教習所の反面教師は、妹を取り戻すため、最強の探索者に戻ることを決めた。

そしてその傍《かたわ》らには、モンスターを殺せない、異端の探索者の姿があったという。

番外編I

あるいはエピローグIII

A teacher by negative example
in the training school
for dungeon of mortal sin.

アレテーとダンジョン探索を行った数日後。

ディルはリギルパーティーの面々を夕食に誘い、『白羊亭《はくようてい》』に来ていた。

夕食時ということもあり、一階の酒場部分は大繁盛《だいはんじょう》を見せている。

「ねぇリギル、用件聞いた？　あいつの方からご飯に誘ってくるとか怪し過ぎるんだけど、しかも奢《おご》りとか言うし。あいつ頭とか打ったりしてない？」

「おいアニマ、そういう会話はせめて俺と合流する前に済ませておけよ」

ディル、リギル、レオナ、アニマの四人は、円卓を囲むように座っている。

ディルから見て正面にリギル、右にレオナで左にアニマという席順だ。

今日のアニマは魔女風の探索衣装ではない。仕事帰りなので、上は白のブラウスに下は黒のタイトスカートという格好だった。

ディルは勝手に女教師コスと呼んでいるが、その度にゴミでも見るような視線を向けられる。

「まぁまぁ、こう見えてアニマちゃんは喜んでるんだよ。ディルちゃんってば、教官になるって決めたあたりから、私たちとあまり関わらないようにしてたし……」

「そうだったか？」

レオナの言葉に、ディルは首を傾《かし》げる。

アニマが「喜んでないし」と反論しているが、そこは無視した。

「雑貨屋には顔出してたろ。それにリギルとアニマには職場で顔を合わせてる」

「それは商品を買いに来たり、仕事に行っているだけでしょ？　私たちに逢《あ》おうとしていたわけじゃない」

「用がなきゃ誰とも逢わねぇよ」

「私たちの絆《きずな》は、ダンジョン探索しなくなっただけで切れちゃう儚《はかな》いものなんだ？　寂しいなぁ。とっても寂しいなぁ」

レオナがよよよ、と下手な泣き真似《まね》をする。

「無駄だよレオナ、こいつに仲間意識なんてものを期待しても裏切られるだけ」

アニマは拗《す》ねたように酒を呷《あお》る。木樽《きだる》ジョッキを両手で口許《くちもと》に運ぶが、彼女の小さな顔はそれだけで半分は隠れてしまう。

「あーあー分かった分かった。好きに責めろよ。飽きたら言ってくれ、本題に入るから」

ディルは料理を運んできた羊の亜人の看板娘・ムフを捕まえ、その髪を撫《な》でる。

「わわっ、ディル兄さん……仕事中だから……っ」

ムフは顔を赤くして身を捩《よじ》るが、本気では抵抗しない。

「俺の癒やしはムフだけだ……」

ひとしきり堪能《たんのう》したあとで、彼女を解放する。

「……こいつ本当ムフちゃんにだけは優しいよね」

「ディルちゃん、私の頭も撫でてみたら結構癒やされるかもしれないよ？」

アニマの機嫌が更に悪くなり、レオナは自分の頭を寄せてきた。

「ふふ……また皆さんが一緒にいるところを見られて、嬉《うれ》しいです」

ムフが嬉しそうに笑う。

かつては探索後にここで食事をするのが恒例となっていた。

「一人足りないけれどね」

リギルが静かに言った。

「あいつも呼ぼうとしたんだけどよ、職場に行ったら門前払いにされたわ」

リギルパーティーは五人構成だった。

ディルは引退して教官になり、リギルとアニマは教官と兼業、レオナは雑貨店の店主と兼業、最後の一人は探索騎士と呼ばれる特殊な衛兵となった。

「まだ怒ってるんでしょ、君が勝手に引退決めたことをさ」

「あいつの許可とる必要あるか？」

「そういうとこだよ、君さ」

アニマは半眼になった。

「かつての仲間を全員集めようとしたのなら、この前の礼というわけではなさそうだね」

リギルの言う『この前』というのは、アレテーと第四層に落ちた件だろう。

その際、ここにいる三人とモネが救助に駆けつけてくれた。

「あぁ、そんなこともあったか。ていうか危険手当まだか？」

リギルが苦笑する。アニマは呆《あき》れ顔を隠さず、レオナはからからと笑った。

それからしばらく、四人は昔話や近況を話し、普通の飲み会のように時間は進んだ。

「そういえばディルちゃん、レティちゃんはもう大丈夫？　この前、熱が出たんでしょ？　その日の夕方にはうちに顔を出してたけど、しっかり見てあげなきゃダメだよ？」

確かに先日、そんなこともあった。

アレテーが熱を出したので、ディルが渋々看病したのだ。

「あのさ、ディルの生徒で思い出したんだけど。君が金髪ちゃんを自宅に連れ込むところを見たって情報をたまたま、ほんと偶然なんだけど耳にしたんだよね。——どうなの？」

連れ込んだというのは誤解だが、ある事情でモネを自室に入れたのは事実だ。

「それより、そろそろ今日の本題に入ろうと思うんだが」

レオナとアニマはしばらくディルをじぃっと見ていたが、彼は言いたくないことはどこまでもはぐらかすと知っているので、じきに諦めた。

頃合いを見計らって、リギルが口を開く。

「聞かせてくれるかい、ディル」

ディルは酒を一口含む。

「あー、俺もう一度深淵《しんえん》目指すことにしたんだけどよ、それでお前ら——」

「待って待ってディルちゃん」

「なんだよ」

「そんなあっさりと話を続けようとしないで？　え？　深淵？　え？」

いつもおっとりとした調子を崩さないレオナが珍しく慌てている。

アニマは口に含んでいた酒を吹き出し、更に「けほっ、こほっ」と噎《む》せている。

リギルも目を見開いていた。

「お前らも探索者なら知ってるだろ？　深淵。第八階層。免許持ってるくせにまさか忘れたとは言わないよな？　んでそこにもう一回行きたいんだわ。そこで相談なんだが——」

「——ディル」

リギルが、いつになく真面目な声で親友の名を呼んだ。

「ちゃんと説明してくれ」

──まぁ、そうなるか。

「ちっ、勢いで誤魔化せれば楽だと思ったんだが」

「ディルちゃんって絶対無理だと分かってても挑戦する時あるよね」

ディルは改めて、先日の出来事を説明する。

それを聞いた面々は、一様に真剣な表情になる。

騒がしい酒場の中で、四人が囲む席だけが異様な緊張感を放っていた。

ちなみに、ムフは既に他の客の注文を聞くべくこの卓を離れている。

「……複数回深淵に赴くことで、死者の情報を全て揃《そろ》えることが叶《かな》う？」

リギルの呟《つぶや》きによって、ようやく四人の時間が進み出す。

「具体的にどうとかは分からねぇよ。ただ、ルートが視えた」

ディルの仲間は、ディルの探索才覚《ギフト》を疑わない。

「……取り戻せるというのか、今度こそ」

リギルの体が震えている。

ディルと彼は幼馴染《おさななじみ》。リギルにとって、ディルの妹は家族も同じ。

「お前らには関係ないのは分かってる。こっからまた最深部を目指すってなったら、準備や鍛錬に一年以上掛かるだろう。それでも──」

ディルは真剣な顔で仲間を見回し、頭を下げた。

「頼む、また力を貸してくれ」

「やめてよね」

最初に反応したのはアニマだった。

彼女の声には苛立《いらだ》ちが混じっている。

「頼む？　頭を下げる？　馬鹿じゃないのかな君は。そんなものが、必要な間柄かよ」

ディルが顔を上げると、アニマだけではない、みんなが怒っているようだった。

「そうだよディルちゃん。君が嫌がったって、一人で深淵には行かせないんだから」

レオナは頬を膨らませていた。

そしてディルの親友リギルは、ディルを真正面から見つめている。

「行こう、ディル。再び最深部へ。そして今度こそ——彼女を取り戻す」

深淵に行くにはまず第七階層まで行かねばならない。

階層ごとに環境も攻略法も異なるダンジョンの全てを突破した上で、とんでもない幸運に恵まれねば、深淵への扉には巡り合えない。

リギルパーティーが五人体制でなくなってから、リギルたちも第五階層以下への探索は行っていない筈《はず》だ。

再び鍛え直し、全ての階層への対策を体に覚えさせ、万全の準備を整える必要がある。
それには長い時間と、膨大な金と、血の滲《にじ》む努力が必要になることだろう。
人生において大きな決断になる。
当然、命を落とす危険もあるわけだ。
安全に金を稼げるだけの力を、彼らは既に持っている。
協力する必要などない。
あるのはただ、ディルたちが仲間だという事実だけ。たったそれだけのことなのに。
ディルの仲間たちは、一瞬も迷うことなく、再び付き合うという。
ディルは一瞬だけ、俯《うつむ》いた。
その時の感情を、仲間には悟られないように。
次に顔を上げた時には、ふてぶてしい笑みを浮かべている。
「礼は言わんぞ」
その日、最強のパーティーが再結成に向けて動き出した。

番外編II

モネと色欲領域と教官の寝室

A teacher by negative example
in the training school
for dungeon of mortal sin.

ディルはその日、とんでもない解放感を噛《か》み締めていた。

自分の家に半分住み着くようにして家事全般を掌握した、子うさぎことレティが、今日は友人らと勉強会をするというのだ。

ディルの夕飯を作るために早めに切り上げると言うアレテーに、ディルは「勉強はとても重要だ。中途半端《ちゅうとはんぱ》はよくない」と実に教官らしい温かい言葉を掛け、見事追い払うことに成功。

今日の夜は一人の自由を存分に堪能《たんのう》できる。

——とびっきり体に悪そうな油モノと、強めの酒を呷《あお》ろう。

アレテーの料理は美味なのだが、たまには健康を意識した家庭的な味以外も口にしたいところ。

真面目に探索者生活を送っていた頃は、万が一にも翌日に影響が出ないようにと酒は一滴も口にしなかったが、一年ほど前から嗜《たしな》むようになった。

頭の中で美味《うま》い飯を出す店を幾つか思い浮かべながら、街を往《ゆ》く。

すると、見覚えのある顔が視界に映った。

金糸のように美しく輝く髪、神が絶世の美女を作ろうと生み出したかのような整った容姿、アレテーと二つほどしか年が変わらないというのに、圧倒的なまでの差を見せつける体つき。

ディルの生徒であり職場の後輩でもあるハーフエルフ、モネであった。

探索帰りだろうか、ダンジョン用の装《よそお》い。

いつもならば、ディルの方から話しかけることはしない。

ましてや、久々に感じられるほどの、一人の時間だ。

しかし、ディルは彼女に近づいた。

「おい、モネ」

「……っ。でぃ……ディル？」

「お前、大丈夫か？」

彼女の顔は赤く火照《ほて》り、額には汗を掻《か》いており、吐息は熱っぽい。

その上、体は時折何かを堪《こら》えるように震え、出す声はどこか色っぽかった。

「だ、大丈夫だから……うぅ」

「…………はぁ」

ディルは大きく溜息《ためいき》を吐《つ》いた。

「アホか、俺を誰だと思ってる」

「……こんなとこ、見られたくなかった……あなたには、特に」

「第三階層に潜ってヘマしたな？」

モネは視線を逸《そ》らしたが、小さく頷《うなず》いた。

第三階層・色欲領域。

淫魔を模したモンスターの住まう、誘惑の領域。

他にも草花の香りや虫タイプのモンスターが持つ毒などで、淫欲を刺激する。

それらを利用した精力剤・媚薬《びやく》などはあまりの効果から流通を制限されていた。

モネはどうやら、ダンジョンでそれを浴びてしまったようだ。

人が加工してなお、危険視されるほどの効力を発揮するのだ。

今のモネのように、人と会話が成立しているだけで驚き。

彼女の鋼の精神が為《な》せる業と言えるだろう。

「……そこまで行くと、下手に鎮静させるより発散させちまった方がいいな」

「はっ、発散ってあなた……せ、セクハラの極みなんだけどっ、んんっ……」

せつなそうに身を捩《よじ》るモネ。

見るからにギリギリだ。

さすがのディルも、この状態の生徒をからかうことはしない。

「こっからだと、俺の部屋の方が近い。来いよ」

「えっ⁉」

モネが目を見開いた。水気を帯びた瞳で、ディルを見上げる。

「は？　あぁ、子うさぎなら勉強会とかでいないから安心しろ」

アレテーにこんな痴態を見られたくはないのだろう、ディルは安心させるように言う。

だがモネの顔は更に赤くなった。

「そ、それって……え、でも、あたし、こんな状況で流されてっていうのは……あ、あなたが嫌ってことではなくて、そこは勘違いしないでほしいのだけど、でもやっぱり——」

ごにょごにょと何やら早口で呟《つぶや》いているモネだったが、体はフラフラだった。

ディルは彼女の正面に立ち、背中を向けて膝を曲げる。

「歩くのも辛《つら》いだろ、おぶってやるから乗れ」

「〜〜〜〜っ。…………うん」

モネの柔らかい体が、ディルの背に預けられる。

第三階層の淫気に当てられているからか、随分と体温が高い。

「お、重くないかしら……？」

彼女は不安そうに呟く。

「軽すぎて不安になるくらいだ。いつも何食ってんだよ、葉っぱか？」

「ふふっ……それ、エルフ差別なんですけど」

モネが、ディルの肩に頭を置く。

「おい、耳元で喋《しゃべ》んな」

「……ドキドキしちゃう？」

「くすぐったいんだよ」

「ふぅ〜」

モネが、ディルの耳元に温かい息を吹きかける。

ゾクゾクゾクッと、ディルの背筋を謎の感覚が駆け上った。

「落とすぞお前」

「あなたは、そんなことしないわ」

「……ちっ」

いつもならやる、というかそもそも背負ったりしないのだが、こんな状態のモネを置いておけるほど薄情にはなれなかった。

「お前、ほどほどにしとけよ。後で思い返して悶絶《もんぜつ》するのはお前なんだからな」

媚薬には、記憶が飛ぶ効能はない。

いつもの自分より大胆になってしまっても、それはばっちり頭に残るのだ。

「生徒のこと自宅に連れ込もうとしておいて、何言ってるの？」

「心配してやってんだろうが」

「うそ。院長《かあさん》が言ってたわ、えぇと確か……『気をつけなさいモネ、男はみんな――フェンリルだから』って」

彼女が母と呼ぶのは、育ての親である孤児院の院長だ。

「生き物の半分が伝説の怪物とは驚いたな」

フェンリルも狼《おおかみ》には違いないが。

「え……あなたの、怪物なの？」

モネはディルの発言の一部しか聞こえなかったようだ。

「もうお前、黙った方がいいぞ？」

「ちょっと待ってよ、伝説ってどこで？――い、いやらしい」

「なぁ、頼むからあとで俺に逆ギレしないでくれよ？　ちゃんと黙れって忠告したからな俺は」

いつもの潔癖の反動か、段々と発言が過激になっていくモネ。

彼女の名誉を守るため、ディルは情けの心でそれを胸に留めておくことにした。

そんなこんながあり、ディル宅。

ごくりっ、とモネが覚悟を決めるように唾を飲む音が聞こえた。

家の中に入り、寝室まで向かう。

「あー、ベッドは清潔な筈《はず》だ。子うさぎがやたらと掃除してるからな」

「そ、そうっ！　な、なんだかそう聞くと、レティに悪いわね……」

彼女は自分で歩けないくらいに震えているので、ディルはそっとベッドに寝かせる。

彼女の美しい金の髪が、シーツの上にぱらぱらと広がった。

モネの豊満な胸が、たゆんっと揺れる。額に汗で張り付く髪さえも、どこか淫靡《いんび》だ。

彼女は半端《はんぱ》に閉じた手で口許《くちもと》を隠しながら、こちらをちらりと見上げる。

「ね、ねぇディル……。い、一応確認しておきたいのだけど、その、つまり、あなたもそういう気持ちって――」

「んじゃ、俺は邪魔だろうし出ていくわ。終わって落ち着いたら帰れよ」

「――――――は？」

モネから、凍土より冷たい声が発せられた。

「うおっ、なんだよ。もしかして道具がないと的なあれか？　悪いが持ってないぞ」

「え、あの、あなた……その、なんであたしをここに？」

「今更何言ってんだ？　発散しなきゃ収まらないから、場所貸してやるって話だっただろ最初から」

「発散って、つまり……ひ、一人でその、しろってこと⁉」

「他に何がある？　……いや待て、まさかお前――」

「～～～っ！　違う違う違うから！　はぁっ？　何言おうとしちゃってるわけ⁉　完全に完璧に気持ち悪い勘違いなんですけど⁉　あたしは――そう！　あれよ！　あなた出ていくって言ったけど、途中でレティが帰ってきたらどうするのよ！」

目に渦でも巻いてそうなほどにテンパりながら、モネは捲《まく》し立てる。

ディルは面倒くさいので、彼女に合わせることにした。

「まぁ、そうだな。つっても寝室の扉は薄いぞ？　リビングにいたら声とかよ――」

「は？　廊下に立ってなさいよ」

視線だけで人を殺せそうな眼光だった。

「……まぁ、じゃあ、終わったら声を掛けてくれ」

「どーもッ！」

ディルはすごすごと退散する。

寝室を出て、そのまま廊下まで出ていく。

そして腕を組み、壁に背を預け、顔を伏せた。

「……馬鹿、お前は俺の生徒だろうが」

彼の耳が少しばかり赤に染まっていたことを知る者は、幸いにもどこにもいなかった。

◇

明確な時間の描写は避けるが、待ち疲れたディルがうとうとしだした頃。

ぎぃ、と扉が控えめに開かれ、顔を真っ赤にしたモネが姿を現す。

終わってから身だしなみを整えたのだろう、髪も服もちゃんとしている。

「……お、おわ、おわ、終わった、わ……」

「ふぁあああ。本当かよ、まだ顔赤いぞ」

欠伸《あくび》を噛《か》み殺しながら、モネに言う。

「これは羞恥心からよ！」

「誰にも言いやしねぇよ。人をからかうのは好きだが、ネタはちゃんと選ぶっての」

「そこは心配してませんので！」

「じゃあ『憧れのセンセイに恥ずかしいところ見られちゃったっ……』って感じか？」

「うぐぅっ」

モネが唸《うな》る。

いたことはない？」

「ね、ねぇセンセイ？　頭部に強い衝撃を受けると直近の記憶をゴソッと失うって話を聞

モネが拳を握った。

「お前ね、ここまで世話してやった恩人をボコる気か？」

「く、ぅっ。そ、そう、ね。ごめんなさい、冷静さを欠いてしまったわ」

「気にすんな。じゃあもういいよな？　気をつけて帰れよ」

「……聞かないの？」

「何を？」

「だから、その……第三階層に潜ってた理由とか、対策はどうしたんだとか……」

「生きて戻れたんなら、それでいいだろ。こんな失態かませば、二度は同じミスしないだろうしな」

「それはもちろん……。でも……そう、興味ないのね」

モネは何やら、落ち込んだ様子。

ディルは天を仰ぎ、それから大きく肩を落とした。

「なぁ、モネ」

「なによ」

「今回の件、貸しだな？」

「え？　え、ええ、そうね。助けてもらったという自覚は、しっかりとあるわ」

「じゃあ今返せ。今日子うさぎが勉強会って言ったろ？　飯の用意がないんだ」

「……あたしに作れってこと？」

「今日は超体に悪いもんを食いたい気分でな、奢《おご》ってくれ。それでチャラだ」

モネは、しばらく不思議そうにディルを見ていたが、不意に微笑《ほほえ》んだ。

「食事中、世間話をすることもある、ってわけ？」

「探索者の事情に首突っ込むのは趣味じゃないが、お前が話すのを聞く分には構わない」

「ふふっ……分かったわ」

そうして、ディルはモネと共に夕飯を食べに外へ出た。

「あなた、夕食摂《と》るお店探してる時にあたしを見つけて、放っておけずに声を掛けたのね。やっぱり、優しいセンセイ」

「ふむ。ところでモネよ。一人火照《ほて》る体を慰める時も、やっぱ頭ん中で相手が必要だと思うんだが、誰をオカズにしたんだ？」

「撤回するわ。あなたはデリカシーゼロの最低男よ」

モネがジト目でディルを睨《にら》んだ。

「それでいい。正しい評価だ」

「もうっ、さっきのことではからかわないって言ったじゃない！」

「お前が俺を優しいとか言うから、現実を教えてやっただけだ」

「ほんと素直じゃないんだから」

そう呟《つぶや》くモネは、呆《あき》れたような、それでいて慈《いつく》しむような顔をしていた。

ちなみに、色欲領域に潜ったのは、最近孤児院の院長が肌の衰えを感じると落ち込んでいるのを目にし、彼女の誕生日も近いのでダンジョンアイテムをプレゼントにするつもりだったのだという。

効果は一時的でこそあるが、確かに十代二十代の頃の肌ツヤを取り戻すことが出来る。

色欲領域対策に持っていた装備は、怠惰領域を通過する際に紛失してしまったらしい。

モネの話を聞きながら、ディルはその日の夕食にありつくのだった。

番外編III

アレテーと熱病と教官の看病

A teacher by negative example
in the training school
for dungeon of mortal sin.

ディルはその日、自力で起床した。

それはアレテーという少女に日常を侵略されてからは、とても珍しいことだった。

「……ん？」

上体を起こし、くんくんと鼻を鳴らす。

「飯の匂いもしない……」

なんだかんだ言いつつ、アレテーの飯には満足しているディル。

朝の匂いといえば、彼女の作る朝食の匂いと体が覚えてしまっている。

それがないとなると……。

「寝坊か、だらしのないやつめ」

以前までの自分が遅刻魔であったことを棚に上げるディルだった。

欠伸混じりに寝室を出ると、部屋を出てアレテーの住む二〇二号室へ直行。

ドアノブをひねると、抵抗なく開いた。

村の者イコール知り合いという田舎で育ったアレテーには、都会の防犯意識というものがピンとこないようだった。

——まぁ、ここを狙う間抜けな泥棒なんていないか。

この集合住宅には探索才覚《ギフト》抜きでも優秀な探索者が多く住んでおり、そのことは周辺でも有名だった。

相変わらずものが少ないリビングを抜け、寝室に向かう。

一応の配慮として、ディルはドアをノックした。

「おい子うさぎ、起きろ」

しばらく待っても、返事がない。だが、扉の向こうに人の気配はある。

「今から部屋に入るが、プライバシーの侵害とか言うなよ」

扉を開けると、これまた無機質な部屋だった。

ベッドの上には、ぽーっとした様子のアレテーが寝ている。

「……ぅ？　せんせい？」

だがどうにも、顔が赤い。

「なんだ、お前熱出したのか」

「ぇ？　……あ、ご飯。先生のご飯、作ります」

起き上がろうとするので、ディルは彼女の額を押さえ、頭を枕に戻す。

ぽふっと彼女が倒れた。

「あうっ」

「寝とけ」

「で、でも……先生が、お腹《なか》を空《す》かせてしまいます」

「俺は子供か」

「朝ごはんは大事……ですよ？」

「わかったわかった。こっちは勝手に食うから気にするな。あとあれだ、仕事行く時、レオナに薬と飯を頼んでおいてやるから。ここで大人しく寝てろよ」

「そんな……申し訳ないです」

「そう思うなら、体を治してから礼でもすりゃあいい」

「……はい」

「それでいい。今水持ってきてやる」

ディルが一旦水を取りに寝室を出て、戻ってくると、アレテーはぐずっていた。

「ぐすん……わたしは悪い子です」

——面倒くせぇ。

ディルは過去の経験から、病人を見るのが得意ではない。

どうしても妹を思い出してしまうからだ。

同じ理由で、冷たくするのも躊躇《ためら》われた。

アレテーの部屋に椅子なんてものはないので、ベッドの縁《ふち》に腰を下ろす。

「なんでそう思う」

「……うぅ」

「普段なら、俺もアホかと叱ってるところだ。体調管理がなってないからだってな。だが、お前はつい最近まで一般人だった。だってのに、最近色々ありすぎたろ。へバッても仕方ないってもんだ」

「……違うんです」

「何が」

「……昔のことを、思い出したんです」

「そうか」

「わたし……その、とある理由で、両親にあまり構ってもらえない時期があって」

「ふぅん」

「でも、熱が出たりすると、心配してくれて、看病してくれたんです」

ということは、両親との関係は良好だったのか。

以前家の手伝いをしていたと言っていた時も、態度や声の調子は明るかった。

その上で、両親がアレテーにあまり構えないでいたというのなら――いや、やめよう。

ディルは思考を切り上げる。アレテーという他人の事情に、踏み込み過ぎてしまうと。

「よかったな」

「はい……それからわたしは、たまに仮病を使うようになりました……」

「……そうか」

それで悪い子、という発言に繋《つな》がるわけだ。

アレテーの善良かつ真面目な性格を思えば、寂しさから仮病を使った自分のことさえ、許すのは難しいのだろう。

「お父さんもお母さんも疲れているって分かっていたのに、わたしは、自分が寂しいからと嘘《うそ》をついたんです……」

「それで、俺にどうしろって？」

アレテーは布団《ふとん》で顔の半分を隠した。

鼻から上だけを覗《のぞ》かせて、潤んだ瞳でディルを見る。

「先生のご迷惑になるって分かっているのに、今も、寂しいと思ってしまっているのです……だから、わたしは、悪い子です……」

「悪いっていうか、うざいな」

「うう……」

「十五歳にもなって、五歳児みたいなことを抜かすな」

「……ごめんなさい」

ディルは、大きな溜息《ためいき》を溢《こぼ》す。

「貸しだぞ」

「…………………え？」

「さすがに、病気の看病すんのは教官の仕事じゃないからな。やれって言うなら、明確な貸しだ。ちゃんと返せよ」

「えっ、えっ……で、でも先生、お仕事が……」

「あとでレオナんとこに薬を貰《もら》いに行くから、その時に職場への伝言を頼んどく。あいつも教官免許持ってるから、今日一日俺の代わりをさせればいい」

「でも、でも……」

「なんだ、一人でいたいか？」

病気の時、その人物がどれだけ心細いかは、妹を見ていてよく知っているつもりだ。

その苦しみの一割も分かってやれないが、寂しいということだけは分かる。

ディルが悪戯《いたずら》っぽく言うと、アレテーは布団から腕を伸ばし、ディルの服の裾をちょこんと握った。

「……いいえ、一緒にいてほしい、です」

「はいよ。取り敢《あ》えず水を飲め、お前すごい汗だぞ」

「は、はいっ」

体に力が入らないようなので、体を起こすのを手伝う。

コップを手渡そうとするが、アレテーは腕を伸ばさない。

「お前……俺に口まで運べってか」

「……お、おねがいしましゅ……」

朦朧《もうろう》としているのか、口調まで怪しい。

ディルは渋々、彼女の口許《くちもと》にコップを運び、水を飲ませる。

それからしばらくして、すぴぃすぴぃと寝息が聞こえてきた。

彼女が寝ている間に、ディルは一階の雑貨屋に寄って薬を確保。

レオナは店を閉め、ディルの代わりに臨時教官をやることを了承してくれた。

その際に、店で幾つか食材を見繕ったディルは、一旦自分の部屋に戻った。

先程ざっと確認したところ、アレテーの部屋よりもディルの部屋の方が調理器具が揃《そろ》っていたからだ。

といっても、ディルの部屋にあるものはアレテーが買ったものなのだが。

調理を済ませ、トレイに載せた野菜と鶏肉《とりにく》のスープをアレテーの部屋まで運ぶ。

するとリビングに入った途端、寝室方向から「せんせぇ……ぜんぜぇ……うぅ……」という幽霊みたいな声が聞こえてきた。

寝室に入ると、アレテーがぽろぽろと小粒の涙をいくつも流している。

ディルを視界に収めるや、彼女は安堵《あんど》の表情を浮かべた。

「うう、先生……どこに行っていたのですかぁ」

「薬貰いに行くって説明したろ」

「そうでした……でも、わたし、先生がいなくなってしまったかと思ってぇ……」

えんえん泣くアレテー。

故郷から遠く離れた、慣れない土地。しかも探索者という危険な職を選び、つい先日も死にかけた。そんな中で熱に魘《うな》されれば、心細くなるのも理解できた。

だからと言って、ディルという人間は変わらない。

「ええい鬱陶しい！　泣くな、飯を持ってきたから食え。そのあと薬だ」

ディルは片手でトレイを持ち、アレテーが上体を起こすのを手伝う。

それから、ベッドの縁《ふち》に腰掛け、トレイを彼女の膝の上に置いた。

「ご飯……いい匂いです」

すんすん、と鼻を鳴らすアレテー。

そして彼女は「あーん」と口を開けた。何かを求めるように、ディルを見ている。

「…………ちっ」

ディルは怒りの心を鎮《しず》め、目の前の小娘を五歳児だと思うことにした。

器を手にとり、スプーンでスープをすくう。

「熱そうです……」

ぴきぴきと額に青筋を浮かべつつも、ふぅふぅと冷ましてやり、アレテーの口許に運ぶ。

「んくっ、んくっ……おいしいれすっ！」

「よかったな」

アレテーがぽわわと表情を緩めるが、ディルの表情は無だった。

ディルは虚無感の伴う行為を何度も繰り返し、アレテーはスープを完食。薬も飲ませる。

「スープ、美味《おい》しかったです。どなたが作ったのでしょう……？　店長さん……？」

「俺だ」

「えっ、先生……お料理が？」

「……あんなん誰でも作れるだろ。もういいから寝ろよお前」

額を押すと、それだけでアレテーはこてんと倒れた。

「あうっ……ふふふ」

「何笑ってる」

「先生は、やっぱり優しいです」

――『お兄ちゃんは、優しいね』。

ディルの脳裏に妹の弱々しい笑顔が蘇《よみがえ》る。

優しいなどと言われる度に、妹の言葉を思い出して気分が落ち込むのだ。

ディルは優しいのではない。妹が大事だったから、彼女を特別大切に扱っていただけ。

だがそれを理解する前に、妹は命を落とした。

訂正は、いまだ出来ずにいる。

「……モネもお前も、本当にしつこいやつだな」

「だって……」

「対価なしに面倒見てんならそうかもな。でも言ったたろ、これは貸しだって」

「……ふふふ」

アレテーは嬉《うれ》しそうに笑っている。

ディルのうんざりした顔を見ても気にせず微笑《ほほえ》んでいる。

「先生……もう一つお願いしてもよいでしょうか」

「ダメだ」

「手を……。その、両親が手を握っていてくれると、わたし、すぐに眠れたのです……だから……」

「俺はお前の親じゃない」

「はい、先生は、わたしの……優しい、せんせい、です……」

喋《しゃべ》り疲れたのか、アレテーはすぅすぅと寝息を立て始めた。

立ち上がろうとしたディルは、アレテーの手がいつの間にか自分の小指に絡《から》んでいることに気づく。

「…………くそ」

指を離した拍子に目を覚ましても面倒だ。

ディルはしばらく、そのまま座っていた。

◇

「治りました！」

夕方。目覚めたアレテーは、元気よくぐーんと伸びをする。

「そうか。あんま急に動いたりすんなよ」

「店長さんのお薬と、先生のスープのおかげです！」

「百パー薬の効能だな」

「わたしを思って作ってくださったスープを通して、先生の温かいお気持ちが体に染《し》み渡ったのです」

「気持ち悪いからそれ以上言わないでくれ」

「先生の優しさを感じました」

「治ったなら帰っていいか？」

「お夕飯はわたしにお任せください！　すぐに着替えて、材料を買ってきますので！」

「……あー、いや、無理すんな？」

「はいっ。店長さんにお礼も言いたいですし、今日は雑貨屋さんで材料を揃《そろ》えようと思います。もう戻られているでしょうか？」

「多分な」

「では、すぐに行って参ります」

「そうか。じゃあ俺は部屋戻ってるわ」

「あとで伺いますね！」

「おう」

「先生。今日は本当にありがとうございました。とっっってもっ！　嬉しかったです！」

アレテーは、とびきりの笑みを浮かべて感謝を述べる。

「そうかよ」

ディルは手をひらひらと振り、アレテーの部屋を後にした。

数十分後、ドタドタと廊下を駆ける音がして、ディルの部屋の前で止まる。

扉がドーンと開かれた。そこには、服を着替えたアレテーが立っていた。

「先生！　ひどいです！　わ、わたしの顔に落書きをするなんてっ！　危うくこのまま出かけるところでしたっ！」

アレテーの顔は、ディルが炭で描いた落書きで汚れていた。

いつも持ち歩いている袋型収納空間に仕舞ってあったものを使って描いたのだ。

「ちっ、気づいたか」

「うぅ……先生はやっぱり、少し意地悪です」

アレテーは拗《す》ねるような顔で言ったが、その顔はどこか楽しげでもあった。

あとがき

本書をお手にとっていただきありがとうございます。

御鷹穂積《みたかほづみ》です。

本作はファンタジー世界を舞台にした教官ものです。

——世界に一つだけダンジョンがある世界。

——ダンジョンに潜って宝を持ち帰るには——免許の取得が必要で⁉

という世界観です。

本作品はそんな世界で生きる、だらしのない教習所の先生と、健気《けなげ》な少女（とツンデレハーフエルフ）の物語となります。

自分はフィクションにおける師弟関係が大好きで、メインに押し出さずとも作品内に組み込むことが多いのですが、今回はそこを話の中核に据えました。

師弟というと、師匠が弟子に何かを与える、導く、という印象があります。

フィクション作品では、師匠が弟子を成長させるというだけでなく、その弟子と出逢《であ》ったことで師匠の側にも好《よ》い影響が出る、という展開があります。

自分はそういった展開も好きなので、本作の中にその要素を盛り込みました。

他にも『幼い頃からの親友』『頼りになる昔の仲間』『様々な種族』などなど、好きな要素をたっぷり盛り込みました。

主人公に振り回されがちでありながら、ふとした時に意志の強さを見せるヒロインや、ツンツンした態度をとってしまうものの、実は主人公のことをとても気にかけているヒロインなども登場します。

本作はｗｅｂ上で掲載していたものが書籍化された作品となりますが、ｗｅｂ掲載時からの変更点や、エピソード、描写の追加なども施しています。

書き下ろし番外編も収録されているので本編と併せて楽しんでいただけますと幸いです。

告知です。

本作ですが、なんとコミカライズ企画が進行中とのことです！　すごい！

登場人物たちが漫画という媒体で動き回るのが、今からとても楽しみです。

謝辞に移ります。

担当の田辺《たなべ》様。

書籍のお話ありがとうございました。

今回、非常に丁寧かつ迅速にご対応くださり、おかげでとても作業に集中できました。

また、作品のご感想をいただけたのも嬉《うれ》しかったです。

最初は『教官もの……？』と震えていましたが、担当様に作品を褒められたことで緊張が解《ほぐ》れました。自分の教官ものをそんなファンタジア文庫で……と言えばファンタジア文庫。

作者は単純なので、以降はおだてられた豚が木に登るがごとく、改稿作業に励むことが出来ました。

もちろんそれだけでなく、作品をより面白く、また読みやすくするためのご意見なども多くいただきました。

ありがとうございました。

イラストのへいろー様。

キャラクターたちを格好よく&可愛《かわい》くデザインしてくださりありがとうございました。

ファンタジー世界の登場人物でありながら、アレテーがそれらしい格好をしているイメージがスッと浮かばずにいたのですが、上がってきたデザインを拝見して「なるほど！」と感嘆の声が漏れました。

どこか近未来感を感じるものでありながら、作中の世界観から逸脱することもなく、その上でキャラらしさもあり……と、想像を大きく超えるものでした。

小動物感と健気さを感じる容姿も素晴らしいです。

また、主人公のディルは、ダンジョンに潜る際に『体中にベルト巻いて収納道具を沢山吊《つ》るす』という格好をします。作中ではアレテー以外からは不評で、ディル自身も格好よくないと思っているのですが、イラストを拝見すると――これがすごく格好いい！　ディルの装備の要素と、絵的な格好よさが両立されたデザインに、思わず「すごい！」と唸《うな》らされました。

もちろん、モネもリギルも素晴らしかったです。

イラストのおかげで、作者の中でも不明瞭な部分のあったキャラクターの姿にビシッと明確なイメージが与えられました。

ありがとうございました。

作品を読んで応援してくださったｗｅｂ版の読者様と、本書の制作と販売に関わってくださった全ての方々にも感謝を捧《ささ》げます。

そしてもちろん、この作品をお手にとってくださった方にも。

本当に、ありがとうございます。

またお逢《あ》いする機会に恵まれることを祈りつつ、今日のところは筆を措《お》こうと思います。

御鷹穂積

富士見ファンタジア文庫

大罪《たいざい》ダンジョン教習所《きょうしゅうじょ》の反面教師《はんめんきょうし》

外《はず》れギフトの【案内人《あんないにん》】が実《じつ》は最強《さいきょう》の探索者《たんさくしゃ》であることを、
生徒《せいと》たちはまだ知らない

令和3年7月20日　初版発行

著者——御鷹穂積《みたかほづみ》

発行者——青柳昌行

発　行——株式会社KADOKAWA
〒102-8177
東京都千代田区富士見2-13-3
0570-002-301（ナビダイヤル）

印刷所——株式会社暁印刷

製本所——本間製本株式会社

ISBN978-4-04-074188-8 C0193　◇◇◇

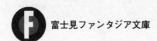